KB037082

시를
사랑하는 사람들

몽트

김순조

한국여성연합신문 리포터
www.kwanews.com
푸르나문학동인

저서
「바람은 한강 상류로 불고 있다」
「시를 사랑하는 사람들」
dd998@naver.com

www.menthebooks.com

시를 사랑하는 사람들

김순조

용트

시를 사랑하는 사람들

시를 쓰는 친구가 있다. 언니도 시를 쓴다. 아부지도
시인이 되고 싶었다고 했었다. 큰아이가 여섯살쯤이
었다. 아파트 베란다에서 하늘구름을 같이 보고 있었
다. 나는 아이에게 구름이 무엇을 닮았는지 물어보았
었다. 로켓이라고 아이가 답을 했다. 나는 아이에게
공책에 써보자고 했다.

하늘구름을 보았다
로켓을 닮았다
쓩
로켓을 타고 우주로 날아 가볼까

아이의 공책에는 위의 동시와 함께 구름과 로켓이 그
려졌었다.
나도 시를 쓰긴 했지만 시를 읽는게 더 재미났었다.
시를 쓰는 친구가 몇해전에 모바일신문에 기사쓰기

를 권유했다. 그전부터 나는 세계일보 문학부 조용호 기자의 글을 꼭 찾아 읽었었다. 언니 김정조의 시 청국장도 마침 소개가 된적도 있다. 시를 읽고 시를 쓴 배경이나 시인에 대하여 공부도 하게되는 일을 꾸준하게 한것이 50여편이 되었다. 간추려 시감상문이 짧은데 나의 산문을 덧 실었다. 삶이 문학이다라는 박완서작가의 글을 기억하며 차곡 차곡 내이야기를 쌓았다.

글을 발표하기에는 모자라는데 늘 지켜봐주시고, 편집을 해주신 한국여성연합신문 정찬남선생님과 변자형국장님께 감사 드립니다.

아울러 시를 게재하게 해주신 시인, 문우에게도 감사 드립니다.

이밖에 너무도 시가 공감되어 시집을 사거나 검색등으로 선택했던 시는 저작권을 허락받지 못했습니다. 꼭 연락을 주시기를 부탁드립니다. 2022년 새해에도 무탈하시길 빕니다.

2022년 1월 1일

김순조

• 목차

PART Ⅱ 시간의 흐름

PART Ⅲ 슬픔의 우물

발문

PART I
꽃의 기다림

원진레이온

이원재

우리 아빠 좀 살려 주세요
차창에 매달려 절규한 딸의, 아버지는 굵은 눈물을
마비된 안면으로 흘려보냈다
깊은 안타까움에 가슴이 달아오른다
이 달아오른 가슴이
끝내 식지 않기를 바란다
이 달구어진 나의 가슴이
끝내 식지 않기를 바라고 또 바란다

*

왕숙천이 한강에 도달하기 바로 전 도농 지역에 1966
년 설립된 비스코스 인견사(레이온) 생산공장인 원진
레이온이 있었다고 한다. 일부의 노동자가 이황화탄
소(CS2)에 노출되어 직업병을 얻게 되고, 병마와 싸
우는 노동자가 세상에 알려지면서 공장은 문을 닫게
되었다.

1999년 원진직업병 환자들에게 보다 나은 의료 서비
스를 지원하는 원진녹색병원이 구리시에 세워졌다고
한다. 노동자들이 아파야했던 이유에 대해 밝혀졌다.
유독성이 강한 이황화탄소였다. 결코 예전의 일이 아
닌 지금도 노동자들의 산업재해가 일어나고 있다.

그 네

김말봉

세모시 옥색치마
금박물린 저 댕기가
창공을 차고나가
구름속에 나부낀다
제비도 놀란양
나래쉬고 보더라

한번 구르니
나무끝에 아련하고
두번을 거듭차니
사바가 발아래라
마음의 일만근심은
바람이 실어가네

*

김말봉의 소설 〈찔레꽃〉을 구해 읽었다. 마음의 일
만근심이 바람에 실려간다는 2절의 가사가 주인공을
기억나게 한다.

언니가 아프다. 단오(端午) 전날이 아버지 기일인데
제사를 못 지낸지가 벌써 몇 년이 지났다. 언니집 주
위엔 창포와 해당화 등이 피어나고 산뽕나무에서는

오디가 길에 까맣게 떨어졌다. 대접으로 다섯을 채울 만큼의 양을 주워 나뭇잎과 흙들을 씻어내고 언니가 두고두고 먹으라고 냉동실에 넣었다.

지난달에 수원 장안문을 걸어보자는 친구들의 제의에 동의하였다. 나는 조금 일찍 집을 나와 경동시장을 들렀다. 홍어회무침을 살까했는데 가게는 문을 안 열었다. 과일가게에서 산뽕나무 열매보다는 튼실한 오디를 두 상자 샀다. 난 이미 흥정을 마쳤고 과일가게 주인은 오디를 포장하고 있었다.

오디를 한번 씻어야 하죠?

아니요. 이건 그냥 먹어야 돼요.

오디를 집었던 엄지와 검지 손톱이 새까매졌다. 오디를 먹고도 안 먹었다고 말할 수는 없다고 했던 언니의 말이 생각났다. 입에 넣은 오디는 달고 씹는 식감이 젤리처럼 맛나다. 비구니스님이 나보다 먼저 오디 옆에 서 있었던 걸 나는 비로소 눈치챘다. 스님이 또 오디값을 물었다.

오디는 얼마에요?

그러니까 과일 중에 무얼 부처님 앞에 놓을까 사려 깊게 생각 중이었음이 짐작되는 분위기였다.

스님! 제가 오디 두 상자를 사드릴게요!

아, 고맙습니다.

나는 매대에 남은 두 상자에 손짓을 하며 이것도 마저 따로 싸주세요 라고 주문을 했다. 스님은 핸드폰을 꺼내며 말했다.

이름을 알려주세요. 기도 중에 기억하겠습니다. 아. 고맙습니다.

집은 어디세요? 고려대 근처입니다.

과일가게 주인할머니도 굽은 허리를 펴며 나도 거기산다고 해서 반가웠다. 스님이 계신 곳은 개운산이라고 했다. 개운산이 있는 곳에는 개운사와 보타사라고 미륵불이 있는 곳도 있긴 하다.

제가 있는 절은 개운중학교 옆입니다. 그 옆엔 신학교가 있다고 했더니 스님도 알고 있다고 했다. 나는 신사임당이 그려진 지폐를 이미 주인할머니에게 건네었다. 배추잎색으로 두 장만 거스름돈으로 달라고했다.

스님 짐이 많으시네요. 저는 수원을 갑니다.

먼 데를 가시네요. 잘 다녀오세요.

스님의 인사말이 따뜻했다. 나는 오디를 싼 봉지를 들고 제기동 전철역으로 향했다.

이글을 쓰는 동안 벌써 수원역에 다다랐다.

절정

이육사

매운 계절(季節)의 채찍에 갈겨
마침내 북방(北方)으로 휩쓸려 오다.
하늘도 그만 지쳐 끝난 고원(高原)
서릿발 칼날진 그 위에 서다.
어디다 무릎을 꿇어야 하나
한 발 재겨 디딜 곳조차 없다.
이러매 눈 감아 생각해 볼밖에
겨울은 강철로 된 무지갠가 보다.

*

무엇을 기대하여야 하는지 한발자욱 내딛는 발걸음
도 무겁기만 하다.
내 나라와 내 산천은 또 언제 하나가 될런지.
나는 2019년 4월 27일에 DMZ 비무장지대에서 철책
선을 붙잡고 외쳤다.
"통일 합시다! 통일 합시다!"
임진강과 한강이 만나 바다로 가는 어느 해안 철책선
에 나는 서 있었다. 국권 침탈기의 가수 박향림(朴響

林, 1921~1946)의 노래 중에 '못 갑니다'라는 제목이 있어 가사를 SNS에서 찾아보았다. 그 중에 다음 부분의 가사가 간절하고 애틋하다.

하늘땅이 꺼지어도 당신은 언제든지 있어 주세요.

기울어진 민족의 국운이 상실된 일제 강점기에 망국의 한을 노래하며 탄식한 내용이다. 통곡의 노래이다. '당신'은 우리의 '조국'을 나타내었다고 한다.

봄이 왔다고 제비들도 고향에 갔으련만
고향으로 가고파도 갈 수 없는 이 사연을
그 누가 알아주랴. 안타까운 이 내 심정을
구름 넘어 나는 새야. 이 내 마음 전해다오.
새봄이 오면 돌아간다고 아내와 약속했건만
그 약속을 지킬 수 없는 이 내 마음 괴로워라.
그 누가 들어 주랴. 타향의 슬픈 노래를
산을 넘어 들을 지나 정든 님께 전해다오.

위의 구절은 연변 가수 김성삼의 '타향의 봄'의 가사이다.

통일 기원 인간띠잇기에는 교동향교에서 나온 향교장님도 도민들의 슬픈 분단의 사연을 적어 읽었다. 그 내용 또한 슬펐다. 고향땅을 눈앞에 두고도 가지 못하는 이들이 이곳 교동도에 정착하고 살았다고 했다. 다른 때보다 행사에 참여한 이들의 손뼉이 더욱 크게 들렸다. 풍물놀이와 탈북민의 가족 중에 어린이들이 참여하여 소원을 적어 나무에 걸었다.

장소를 옮기는 중에 교통경찰의 고함이 들렸다. 친절하지 않은 음성을 눈치채고 일행들은 소리 높여 친절, 친절을 외쳐 주문하니 한결 부드러운 음성으로 진행을 하였다. 행사주관을 하는 이는 여자분이었는데 교통경찰은 마이크로 하는 말이 반말이었다. "어따 반말까지"라는 말을 외치는 이도 있었지만 조금 진정된 말투였으므로 친절 구호는 외칠 상황은 아니었다고 보았다.

바람이 부는 어느 다리를 지나는데 바다 한가운데에 파도의 흰 물결이 보였다. 해변도 아닌 곳에서 치는 파도란 아는 바가 없었지만 물의 빛깔도 양쪽으로 사뭇 달라 보였다. 동행했던 이에게 바다의 파도를 보게 했고 그는 연신 바다를 촬영했다.

강물과 바다가 합쳐지는 걸까요?

그렇겠죠?

아는 바는 없지만 보이는 바다를 가르는 파도의 하얀 거품을 보며 각자의 생각에 몰두하며 우린 말이 없었다. 해변엔 군데군데 웅덩이가 있는데 그곳에 바다숭

어가 보였다. 무리지은 물고기들의 유영을 오래 보았다.

철책선이 있는 곳으로 모두 모여 섰다. 이동자 수는 백여 명이 안 되어 보였다.

전기가 흐르는 건 아니겠죠?

1만 볼트 고압전기가 흐른다던 비무장지대의 어느 철책선의 상황들을 들은 적이 있어요.

절대 그 전기량을 감지하지 못하겠죠?

그럼 죽죠! 지금은 아닐 거에요. 방송도 들리지 않는 거 보면.

일행은 하던 말의 꼬리를 흐렸다. 감전사라고 하면 지레 겁을 먹었던 적도 있었다. 심지어 산골에 멧돼지 진입을 막기 위한 전기선만 봐도 가까이 가지 못하고 먼 길을 돌아가곤 했었다.

등대가 없는 섬, 감시초소가 있는 섬을 지나 오른 산에는 서해의 아름다운 바다풍경도 문수산성을 올라서야 겨우 바라보았다. 문수산이라고 했다. 바다 건너에는 연백이라는 곳과 맑은 날엔 개성도 보인다는 말을 지나면서 누군가에게 들었다.

남한쪽의 풍광과는 대조적으로 몇채의 집이 보였다. 이른 봄으로 여기며 황량한 땅이 당연하겠다 싶었다.

나무가 많지 않은 풍경이었다.
적막강산… 백석의 시로 글을 맺는다.
오이밭에 벌배채 통이 지는 때는
산에 오면 산 소리
벌로 오면 벌 소리
산에 오면
큰솔밭에 뻐꾸기소리
잔솔밭에 덜거기 소리
벌로 오면
논두렁에 물닭의 소리
갈밭에 갈새 소리
산으로 오면 산이 들썩 산 소리 속에 나 홀로
벌로 오면 벌이 들썩 벌 소리 속에 나 홀로
정주(定州) 동림(東林) 구십여 리 긴긴 하로 길에
산에 오면 산 소리 벌에 오면 벌 소리
적막강산에 나는 있노라.
(벌배채 : 평안도 사투리 들판의 배추)

그대와 마주 하는 말

오서아

하고픈 말
듣고픈 말
다 어데 묻어두고
하고 싶지 않은 말
듣고 싶지 않은 말들로
상처 입는가

폭음에 쓸려간 세월
황폐한 가슴팍 아릿이
불신의 낙인들 찍으려는가
절망에 중독된 나날 쌓이여
자해하던 어둠의 상흔들
그 가녀린 망줄 다사리어
한올 두올 이어가던
너와 나
서름줄 타래

풀어 내고 싶은
이 정한과 회한을
어찌 끊어 버리려는가

내어뱉는 허탄한 망언들
그림자되어 밤마다
마음 가두고 베어낼지니

사랑하는 이여
하고픈 말 들어주오
부르오면 언제라도 마주하리
주름진 바람으로 그대 가더라도
멈추이는 어느 한 때
나 비추어주오

*

싫어, 안갈래, 나빠요등으로 나의 감정을 솔직하게
상대방에게 얘기하면 상대방의 방어기제는 더욱 세
어진다.

나도 싫어, 너랑은 가지 않을거야, 너도 나빠라고 답
하게 된다. 담을 쌓고 서로 다르다는 것을 알아차리
는 순간 헤어진다. 스치지 않았을 때엔 미움과 사랑
도 생기지 않는다.

사랑가득함을 서로 주고 받는 세상은 차라리 없는 것
인가. 비추어주는 태양을 바라기하려고 여행하는 북
유럽 사람들의 모습을 떠올린다. 낮과 밤이 고루 있
는 곳을 찾아 가려고 짐을 꾸리는 그시작점을 표현한
다면 사랑을 트기 위한 일정이다.

한 해가 저물어가고

오서아

한 차례 눈 내려 그늘진 곳
발길 닿지 않은 비탈진 벼랑에
잔설이 시푸름 얼어가네
바삐오는 겨울밤 깊어가는 창가에
불 밝혀 책 펴고 더운 김 서리는 찻잔에
여울지는 상사 잠들지 못하여
아득히 사라져가는 무엇들
애잔이 부르며 끌어 안고
틈새 열어 감아시쳐도 보고
하오면 아직은 더디 달아나리라
밤새 눈 붉고 침침하여지고
그예 흐리어 지워져가네
작은 햇살 비껴드는 사이로
우짖는 새소리 귀를 기울이나니
흔들리는 가지 끝에 피어오른 싸늘함
따스하게 어루이는 새 날 오기를

*

한 해를 보내는 동안 시인 오서아 님과 문학다방 봄봄에서 독서모임을 하였다. 북유럽, 동양, 일본신화 등을 읽었다. 또 수메르 신화에 대하여 종종 내용을 들었다. 내가 사는 아파트 재활용처리장에서 책 〈길가메시 서사시〉를 주웠다. 나는 가끔 거기서 책을 주워 읽는다.

길가메시는 친구의 죽음을 맞닥뜨렸다. 그리고 영원한 생명을 찾아 길고도 험한 방랑의 여행길을 나섰다. 불멸의 비결을 놓치고 말았지만, 다시 우루크로 돌아가서 자신의 사명을 다하고자 했다. 한때 영웅이었던 길가메시도 죽었다.

책에서 읽은 다음 문구를 옮긴다.

"너는 비록 위대한 왕이었지만 생명은 얻지 못했다. 그것이 운명이다. 너는 운명에 따라서 사람들을 모이게도 하고 흩어지게도 했다. 운명은 네게 어느 누구도 감당할 수 없는 능력을 주었고 그 때문에 너는 완전한 승리와 완전한 성공을 거둘 수 있었다. 그러니 절망해서는 안 된다. 약해져서도 안 된다. 사람들에게 관대하고 태양 앞에서 떳떳하게 행동하라."

이이야기가 전해지게 된 연유는

1840년 영국의 고고학자 오스틴 헨리 레어드(Austen Henry Layard)가 티그리스강 상류의 사막에서 쐐기무늬가 새겨진 비석 조각과 건물의 주춧돌을 찾아내게 되었다. 또 점토판 수만 장은 레어드의 조수 호르무즈 라삼(Hormuzd Rassam)이 찾아내었고, 1870년대에 조지 스미스 학자가 아시리아의 쐐기문자를 읽어내었다.

가장 오래된 이야기 길가메시 서사시는 메소포타미아를 대표하는 작품으로 길가메시의 모험담은 기원전 600년 무렵까지 널리 퍼져 있었다고 한다.

그대에게

김정조

상처의 깊이를 살펴야 해요
저 하늘을 보세요
오래된 상처가 어느새 보석처럼
변해가고 있어요
푸른 새벽 샛별처럼
빛이 나고 있어요

*

화엄경에는 영성의 열단계 십지품이 있다.
경지에 이르도록 마음을 닦는 일에는 몸이 지치고 힘
들어도 에너지를 잃지 않고 버텨주길 바라는 데에는
느린 호흡이 가장 우선이다.
고요한 새벽에 바라보는 샛별은 초저녁에 나타난 금
성일지도. 자신을 관찰하며 호흡을 늦추면서 가지는
마음은 이미 행복의 문으로 들어선다.

화엄경 십지품의 이름은 다음과 같다.
기쁨에 넘치는 환희지
번뇌에 때를 벗은 이구지
지혜의 광명이 나타나는 발광지
지혜가 매우 치성한 염혜지
진제와 속제를 조화하여 매우 이기기 어려운 난승지
지혜로 진여를 나타내는 현전지
광대한 진리의 세계에 이르는 원행지
다시 동요하지 않는 부동지
바른 지혜로 설법하는 선혜지
대법우를 비내리는 법운지

새로운 길

윤동주

내를 건너서 숲으로
고개를 넘어서 마을로
어제도 가고 오늘도 갈
나의 길 새로운 길
민들레가 피고 까치가 날고
아가씨가 지나고 바람이 불고
나의 길은 언제나 새로운 길
오늘도… 내일도…
내를 건너서 숲으로
고개를 넘어서 마을로

*

대나무 숲길을 걸었다. 고개를 넘는데 숨이 찼다. 꽉
찬 나무들사이로 쉬어가라고 평상이 놓여 있었지만
나는 걷기에만 열중했다.
명절에 음식을 준비하고 청소와 침구정리를 거의 한
달 전부터 맘으로도 실제로도 하게 된다.

시가라서 미안합니다라는 문구를 읽기도 했던 어느 해엔 내가 시어머니가 되었다. 삼 년여 동안은 내가 일을 덜하게 되었고 심지어는 이런 말을 친척과 동서에게 했다.

"내가 곳간열쇠를 이렇게나 빨리 며느리에게 줄 줄은 몰랐네요."

올해 설날은 내가 다시 열쇠를 쥐게 되었다. 명절을 앞두고 나는 할미가 되었고 아가와 산모는 조리원에서 설을 지내었다. 막내가 남편을 도와 경동시장과 마트에서 이틀 연속 장을 보았다. 설 전날엔 전과 나물, 고기반찬들을 장만했다.

설날 늦은 아침 야채샐러드를 하려고 재료들을 꺼냈는데 내가 외우지 못하는 것들이 있었다. 전과 나물, 고기반찬과 떡국 등으로 차림을 했다. 그 중에 야채 접시들만 몽땅 비워졌다.

오후엔 막내가 큰아들과 함께 아가를 보러 가는 편에 설음식 호박전과 배추전, 생선전을 조금 아주 조금만 맛보기로 싸주었다. 며느리에게 문자가 왔다. 전화는 부재중, 2통의 메시지가 떴다.

"어머님 보내주신 전은 맛있게 먹었어요. 음식 하시느라 고생 많으셨어요."

나의 시어머니는 명절에 이렇게 말씀하시곤 했다.

"맏이가 원래는 제일 힘든기라. 늘 에미가 고생이 만타."

설 연휴 다음날 정적이 흘렀다. 구스타프 말러의 교향곡을 듣는다.

아가와 산모의 건강을 빈다. 아직 아가의 이름을 짓지 않아 안사돈도 아기아빠인 작은아들도 태아명이었던 봄봄을 그대로 부르고 있다.

Sturmisch bewegt… 말러는 이곡을 발표하고 악평을 받았다는데 그 속에서 더 디딤을 할 수 있는 계기가 있었을까? 그 음악의 역사를 더 알아보고 싶다.

꽃나무

이 상

벌판한복판에꽃나무하나가있소. 근처(近處)에는꽃
나무가하나도없소 꽃나무는제가생각하는꽃나무를
열심(熱心)으로생각하는것처럼열심으로꽃을피워가
지고섰소. 꽃나무는제가생각하는꽃나무에게갈수없
소. 나는막달아났소. 한꽃나무를위하여그러는것처럼
나는참그런이상스러운흉내를 내었소.

* 가톨릭 청년 2호 1933.7

＊

띄어쓰기를 안 하고, 시의 운율도 없다. 꽃나무에게
다가가지 못하는 시인의 마음을 들여다본다. 시에 대
한 완성도를 생각했을 것 같다.
하는 일에 완벽보다는 과정도 중요하죠.
결과인가, 과정인가.

목적인가, 수단인가.

문우가 말했다.

둘 다 하나입니다.

나는 괴테의 희곡집을 주문하고는 여태 읽지를 못했다. 에그몬트 서곡을 감상하면서 다시 괴테 희곡집을 읽으리라.

루드비히 반 베토벤은 괴테의 희곡을 주제로 에그몬트 서곡을 1810년 비엔나 브르크 극장에서 에그몬트가 연극으로 막이 오를 때 베토벤의 에그몬트 서곡(Egmont Ouvertüre, Op. 84)이 연주되었다고 한다. 네덜란드의 에그몬트 백작(1522~1568)은 스페인에 항거하여 독립운동을 하다가 사형선고를 받게 되는데 괴테는 12년에 걸쳐 이 희곡을 완성했다고 한다. 당시 베토벤은 독서와 철학에 심취하여 에그몬트 서곡을 작곡했다고 한다.

유 영

김태환

우리 함께 가자
이 너른 바다와
저 큰 바다의 끝을 돌아
우리 함께
머물곳이야 없겠느냐
네가 바라보는곳
나 또한 바라보고
네가 가는곳
나 또한 함께 가니
이 너른 바다가 모두
우리의 집인것을

김태환의 소설 〈니모의 전쟁〉을 읽고 수족관을 자주 들르게 되었다. 니모(Nemo)는 해수어(海水魚)로 집에서는 기르기 어렵다고 주인이 말했다. 대신 구피(Goofy)를 기르세요라고 했다. 혼자는 외로우니 세 마리쯤 사라고 권하는 바람에 단번에 그리하기로 결심했다. 받아놓은 물이 없으니 수족관에서 물도 얻었다. 무게가 꽤 있었다. 집에 가는 길이 멀게만 느껴졌었다.

한 마리의 구피가 치어(稚魚)를 일곱 마리나 생산했다. 물을 갈아주었는데 어미와 치어 세 마리가 생명을 다하였고, 현재는 치어 네 마리가 잘 크고 있다. 저 끝을 돌아 함께 가는 길은 슬펐다. 또 수족관을 들렀다.

수초아마존과 나나를 어항에 들였으며, 여과기도 마련했다. 가족이 함께 어항을 들여다보는 시간이 늘어갔다. 유영하는 구피 치어들의 눈이 점점 커 보였다.

여 정

강민주

잠시 머물다 가는 인생길이지만
한 때는 장미 빛 인생이었지
들에 핀 예쁜 꽃도 때가 되면 지듯이
이제는 세월에 묻혀버린 빛바랜 잿빛 인생
산다는 것은 어쩜 슬픈 일
세월의 흐름에 갈등과 회한을
마춰 시켜 잊어야 하는 것
잠시 안주했던 이 세상
희,비의 쌍곡선을 그리며
올라가다 내려오는 반복된 삶 속에서
되돌아 온 자리는 허무와 같다
바람에 실려 그네를 타는 곡예 같은 삶속에서
사랑한다는 말 보다 보고 싶다고 생각하면
그리움이 밀려오는 내가 만난 사람들

*

보고 싶다! 보고 싶은 이들이 많다. 그들의 추억어린 사진들을 sns에서 찾는다. 지금은 모두 성장한 자녀들이 각자의 일과 가정살림으로 바쁘다. 일에 바빠진 친구도 있다. 나의 장미빛 인생이었던 시절도 지나가고 아니 그런 시절이 있었나싶기도 하지만 만들었던 추억사진들을 보면 그때 내가 왜 이렇게 좋아보이는지 슬쩍 입꼬리가 귀에 걸린다.

1995년쯤 워싱턴을 방문했다던 지인이 고흐의 장미 포스터를 나에게 선물했었다. 그림도 아닌 포스터를 선물하면서 이거 "비싼 거에요!"라고 했다.

그러하여도 나는 세째아이가 네 살이었고 이웃의 아가도 돌보고 있었다. 엎친 데 덮친 격이라고 육아에 맘이 바빴었다. 받은 그림은 옷장 위에 올려놓았다. 아기돌보미를 3년쯤하고는 몸이 아파 쉬고 있었는데 문득 떠오른 고흐의 장미그림을 내려 쌓인 먼지를 털었다. 포스터 전체가 눌려 꺾어졌다. 시장 근처 액자집에서 액자의 테두리를 푸른색으로 주문했다.

현관에서 바로 보이는 벽면에 고흐의 장미를 걸어둔지가 십여 년. 이음새가 틀어지고 유리가 빠지려고 했다. 액자를 내리려는데 유리가 발등에 떨어질 찰

나를 겨우 모면 했다. 바로 집 근처에 있는 화방에 전화를 했고 사장님은 방문하여 액자를 가져갔다. 나는 후에 화방을 들러 은색 테두리로 액자를 다시 주문했다. 어영부영 제일 바빴던 날들로 십여 년이 지났고, 최근에 은색 액자 안에 골판지가 틀어져 화방에 다시 맡겼다.

가을맞이로 집에 도배를 하게 되었다. 셋째에게 소식을 전했더니 고흐의 장미그림그리기 원본사진을 보내왔다.

"엄마! 이 그림을 완성하여 방에 걸으면 어떨까?"

"좋아."

고흐의 장미그림은 코로나 블루인 나를 위로해주었다. 그림을 주었던 지인은 유나이티드 어메리카로 2000년쯤에 이민을 갔다. 새삼 고마움을 전한다. 셋째도 나에게 고흐의 장미를 그리게 해준다니 그 마음이 고맙다.

불 꽃

김태환

동생이 말했다
산화철보다는 저수소계 용접봉이 좋다고
불꽃도 그렇고 비이드*도 아주 부드럽게 나온다고
나는 용접에 대해 아무것도 모르지만
자랑스레 말하는 동생이 대견하기만 했는데
비가 좀 온다 싶으면 물에 잠기고 마는 학산동 새치
시장 옆
뜨거운 여름 태양에 잘 달구어진 이층 단칸방
마주 누운 형제의 가슴은 용접 불꽃만큼 뜨거워져 있
었다
양쪽 귀가 용접 불꽃의 자외선에 노출되어 허옇게 껍
질이 벗겨진 채
형 참 좋다
밤중인데 눈앞에서 해님이 왔다 갔다 해
능청을 떨지만 얼굴에 덮어놓은 물수건에서
흘러내리는 것은 뜨거운 눈물이었다

나도 목수 일을 배운다고 서투른 망치질을 하다가
다친 손가락이 더욱 들쑤시던 밤이었다
그렇게 형제의 눈에서 함께 흐르던 눈물이
이제는 조금 식었다 싶었는데
지금도 우연히 철공소 앞을 지나다 밖으로 새어 나오
는 용접 불꽃과 마주칠 때면
가슴 한쪽에 잘린 쇳조각이 뜨끔거리며 어김없이 비
이드*같은 눈물이 흐르는 것은
그때의 뜨거운 불꽃이 가슴 속에서
우리는 형제다
우리는 형제다
쉴 새 없이 용접을 해대고 있기 때문이다

*비이드 : 용접할때에 나타나는 여러가지 형상과 형태

유리왕국

김태환

귀한 손님 오신다고 반짝반짝 닦아놓은 문학관 통유
리문에 이마를 부딪치는 순간.
쾅!
세상이 두 쪽 나는 줄.
그 생사를 넘나드는 순간에 왜 아라비아의 사막이 떠
올랐는지?
회로가 끊어진 컴퓨터처럼
유리!
하는 순간에 경주박물관에 전시된 아라비아의 유리
가 튀어나오고 사우디건설현장에 용접공으로 다녀
온 개똥아부지가 난데없이 툭 튀어 나온것이다.
―사막모래는 산소로 불면 모두 유리가 돼―
그 말에 나는 칼라풀한 유리왕관을 쓴 아라비아의 공
주를 생각하다가, 모닥불 피어 오르는 오아시스의 밤
을 생각하다가, 별빛 쏟아지는 유리알사막을 떠올리
기도 했던 것인데.

그 개똥아부지는 소주를 오아시스의 샘물처럼 마시다가 이 생의 끈을 놓아버리고 지금도 사막에서 산소용접기로 유리를 녹이고 있을것인데.
―유리가 안깨지기 천만다행입니다―
아마도 그랬더라면
흐이유!
그래 그 짧은 순간에 필시 내가 개똥아부지를 만나고 온 것일게다.

*

김태환 작가의 시 두 편이 20여 년만에 만난다. 긴 시간의 기억들이 상충된다. 아우는 왜 낙천적으로만 살았을까. 매사에 긍정적이었다. 그렇지 아니하면 절망이 다가올지도 모른다. 형은 마음이 아프다. 아우의 용접공 일이 버거운 걸 모르는 바가 결코 아니다. 불꽃이라는 시를 중반에 읽다가 울었다. 시인은 말했다. 누나가 이 시를 읽고 울었답니다. 그 상황에서 어느 누나가 울지 않았을까. 불꽃이라는 시는 애닲다. 최근에 쓴 시 〈유리왕국〉에서 시인은 문학관 대형문에 얼굴을 부딪히면서 많이 다치게 된다. 잠시 아우를 떠올린다. 마치 아우의 음성이 들리는 듯하다. 형은 아우와 재회했다. 기억의 한 켠.

비 온 뒷날

김태환

비 좀 왔다고
물웅덩이에 살림 좀 불었다고
고 작은 것들 왁자지껄하네
개골개골개고올
좋아좋아조아아
이번 달 봉투도 두툼한데 외식이나 할까?
살다보면 괜스리 목소리 높아지는 날이 있다.

*

가뭄에 단비가 연일 내리고 있다. 시인은 우중에 숲
으로 산책을 나가 개구리 울음을 듣는다. 코로나19로
기본급도 안나온다. 급여가 밀렸다. 주위에선 아우성
이다. 자연의 소리에 귀기울이며 위로를 받는다. 뭍
가장들에게도 멋지고 좋은 날들이 오길 바란다. 칸트
를 읽었다.

층 수가 높은 어느 건물 화단에는 조금의 빈 땅이 있다. 그곳에 엘레강스라는 이름의 백합과 해바라기가 피었다. 푸른 셔츠를 입은 사람이 그 자리에서 꽃을 감상하고 있는 듯했다. 약간의 경계를 두는 그에게 나는 인사를 했다.

"안녕하세요? 꽃이 참 예뻐요. 사진을 좀 찍을게요."
그는 아무 대꾸도 없이 뒤를 돌아 건물의 현관을 향했다.

"잠시 실례하겠습니다."라는 말의 인사가 더 필요했을까 싶은 순간이었지만 이미 늦었다. 꽃을 좋아하는 데에서 비롯된, 그에게 다가가는 행위는 나의 어떤 욕구로 본다.

칸트는 인간의 모든 행위는 목적을 가진다고 했다. 혹시나 꽃을 감상하는 그에게 방해가 되었을까.

지하도로 내려가야 했던 나는 발걸음이 무거웠다. 목적지에 다다랐고 지인을 만났는데 그녀는 현관문을 열어주고 나에게 지나가라고 싸인을 했다. 나는 고맙다고 인사를 했다. 그처럼 배려하는 마음은 일순간에 이루어지지 않는다고 본다. 계속적인 실천을 통해서 이루어진다고 한다.

담쟁이의 표정

조규남

더 이상 나아갈 수 없는 곳에서는 교묘히 턱을 넘어
야 한다
벽과 맞닥뜨린 담쟁이
손가락 벋어 얼기설기 그물을 친다
섬모처럼 돋아나는 아픔
단단한 벽에 구멍이 뚫려도
그물벽을 턱 삼아 허공을 넘겠다며 필사적인 계절의
정점을 향해 치닫는다
높이 올라 신선한 공기 흠뻑 들이마셔도 발걸음 내딛
는 줄기의 핏발은 검다
저마다 타고 오르는 방향이 달라 일제히 손바닥 신호
따라 구불구불
뜨거운 태양에도, 차가운 달빛에도
끄덕없는 표정
오로지 한길을 향해간다
맹지에 갇힌 듯해도 두리번거리다 다시 뻗는 손가락

에서 연둣빛 촉수 반짝반짝
때만 되면 신생처럼 연단에 우뚝 서서 기염을 토해내
는 저 푸른 입들

*

담쟁이덩굴은 그야말로 담장에서 보게 되는 생명력
이 강한 식물이다.

낮은 화단이나 맹지에서도 잘 자란다.

봄이다. 양평에는 언니가 살고 있다. 언니의 집이 있
는 근처 산자락에서 머위를 보았다. 머위는 군락을
이루어 자라났다. 머위잎을 따다가 살짝 데쳐 쌈으로
점심을 먹었다. 싸큼한 맛이 봄철에 입맛을 돋우었
다. 집으로 돌아오다가 마트에서 들깨잎과 들깨씨앗
을 한 봉지씩 샀다. 들깨잎으로는 부침을 했는데 얇
게 잘 구워졌다.

시가에서 부침을 굽는 실력으론 고인이 된 작은어머
니를 최고로 꼽았다. 뒷집에 살았던 작은어머니는 가
끔 본가로 와서 어머니가 부엌에서 반죽을 해주면 아
랫방 아궁이에서 가마솥뚜껑을 뒤집어 놓고 불을 지
펴 부침을 하곤 했다. 번듯한 장작도 아닌 나무들이
지만 금세 불이 활활 피어났었다. 작은어머니는 앞치
마와 당시에는 월남치마라고 불리던 것을 단단히 매
무시를 하여 앉았다. 반나절 부침들을 채반에 완성해
내었다.

시원한 곳에 두어야 하네. 나는 부침들이 담아진 채

반에 삼베보자기를 덮어 우물가에 놓았다. 작은어머니는 가마 솥뚜껑에 남겨 두었던 부침 하나는 할머니에게 드리라고 살며시 귀띔해 주었다.

시조모님과 시어머니에게는 저는 이제 가볼랍니다라고 작은어머니는 인사를 하고 종종 걸음으로 대문을 나섰었다. 대문 아래엔 시동생이 뱀을 잡아 술을 담가 묻어 놓았는데, 작은어머닌 그 길을 살짝 피해 담장을 잡고 나갔다. 부엌 가마솥에다가 기주떡을 찌고 있던 어머니는 말린 맨드라미꽃을 떡 위에 올리며 나에게 말씀하셨다.

전은 얇게 굽는 게 제맛이라. 작은어머이가 전 하나는 잘 굽는기라.

채반에 놓았던 깻잎부침들이 식었다. 들깻잎부침을 도마에 놓고 네모, 마름모 모양으로 썰어 아침상을 차렸다. 들깨씨앗은 화분에 흩뿌리고는 흙을 살짝 덮었다. 물조리로 물을 주고는 싹이 나 쑥쑥 자라기를 바랬다.

감 각

랭보

여름의 상쾌한 저녁
보리이삭에 찔리우며
풀밭은 밟고 오솔길을 가리라
꿈꾸듯 내딛는 발걸음
한 발자욱마다 신선함을 느끼고
모자는 없이 불어오는 바람에
머리카락을 날리는구나!
말도 하지 않으리 생각도 하지 않으리
그러나 내 마음 깊은 곳으로 부터
사랑만이 솟아오르네
나는 어디든지 멀리 떠나가리라
마치 방랑자처럼 자연과 더불어
연인을 데리고 가는 것처럼 가슴 벅차게

*

몽마르뜨 공원에 세워진 랭보(Arthur Rimbaud)의
시비에 시는 여름을 말하고 있다. 하늘 뭉개구름은
잔치를 벌이듯 한껏 피어 있다. 산들바람이 불어 풀
잎은 흔들리는데 햇빛은 뜨겁다. 열매가 익어가고 수
험생들은 입시전쟁을 맞고 있다. 합격을 기원한다.
평화를 원하는 자 전쟁을 준비하라! 어느 모임에서
들었던 이야기다.

학교 급식실에서 일하는 L씨의 하루를 들여다본다.

학교 급식실에서 점심식사를 준비하는 L씨는 주위 사람들에게 반찬을 맛있고 깔끔하게 만든다는 말을 종종 듣는다. 학교 급식실에 출근하는 시간도 누구보다 빠르다. L씨는 배달된 식재료를 정리하는 일로 일과를 시작한다. 일을 능률적으로 하기 위해서다.

야채를 다듬어 씻고, 봉지에 담긴 고기류와 양념류는 배선대에 올린다. 끓여야 하는 재료를 선별한 후 도마와 칼, 믹서를 사용하여 반찬 가짓수대로 다지고 썬다.

출근하고 두어 시간이 지난 무렵. L씨는 식재료를 물로 씻고 건지느라 허리가 뻐근하다. 썰고 다져야 하는 재료들을 단시간에 모두 완료했다. 끓이고 데치고 부침을 해야 하는 몇 가지 반찬도 동료들과 마무리했다. 무거운 재료들을 들어야 할 때는 허리가 아프고, 힘에 부치지만 일은 해내야만 한다. 학생들의 식사시간이 지난 후엔 조리실을 말끔하게 청소한다. 개수대에 음식물까지 비우고 스텐망은 햇빛에 말린다.

취사도구들도 수도가에서 깔끔하게 씻어 엎어 놓는다. 행주는 삶아서 헹구어 조리실 뒤편에 넌다. 그리고 마른 수건으로 배선대를 깨끗이 닦는다. 그제야

조리사들과 눈을 맞추며 앞치마를 벗고 잠시 쉰다. 넓은 주방엔 내일의 급식을 위해 준비해야 할 것도 있다. 아픈 손가락들을 서로 문질러 본다.

L씨는 퇴근 후 한의원에 가거나 정형외과를 찾기도 한다. 약국에서 진통제와 파스 등을 사곤 한다. 언제나 그렇듯 아픈 손과 허리가 곧 나으리라는 기대를 가져본다. 임금차별 해소는 공약된 내용이지만 해결되지 않는다. L씨는 노조가 재차 천명한 해소 요구안이 잘 교섭되기를 바라고 있다.

PART Ⅱ
시간의 흐름

길 끝

들풀 최상균

나 이제 돌아가
사랑하며 살아가리
메꽃과 엉겅퀴가 얼싸안고 피고지고
산등성을 넘어온 첫 햇살이 해바라기의 입술을 찾아
아침마다 새로이 입맞추고
장닭의 노래가
미움의 모기가 외로움의 박쥐를 잠재우고
개와 거위와 새끼 도마뱀과 새벽종을 깨우듯
그렇게 안고
그렇게 입맞추고
그렇게 노래하며
살아가리

사랑하며 살아갈 곳은 어디인가. 장소가 중요치 않
다. 의미가 있는 곳으로 돌아가야 함을 노래한다. 사
랑하는 사람과 메꽃과 엉겅퀴처럼 한 몸으로 껴안고
살고 싶음이다.

산등성이의 햇살은 시인이 어린 시절에 자랐다는 문
경일대 어느 산을 떠올리게 한다. 해가 일찍 떨어지
는 곳에서 아마도 시인은 밭에 흩어져있던 닭들과 장
닭을 찾아 닭장에 넣고 문을 꼭꼭 걸어 잠그었으리
라. 가족에 대한 절실한 사랑과 노래에 대한 열정이
시에 그려진다.

길을 지나다가 주택가에 핀 수세미꽃을 가만히 들여
다 보았다. 아득히 먼 어린 시절로 돌아갔다. 천연수
세미로 설거지를 했던 기억은 우물가에서였다. 수세

미는 주로 주발이나 유리그릇을 닦을 때에 사용했었다. 대용으로는 어른들이 볏짚을 물에 적셔 둘둘 말아서 재를 묻혀 놋그릇을 닦았는데 명절이면 나도 그 일을 도왔다.

언제부터인가 털실로 뜨개질한 수세미가 인기가 많아지게 되었다. 털실수세미는 D매장에서, 천호동 버스정류소 앞에서 주로 샀었다.

Sin님의 뜨게 솜씨는 뛰어나다. 동물들도 털실로 만든다. 코바늘뜨기였다. 매일 수세미도 하나씩 뜨고 나서야 잠이 온다고 했다. 장황한 시간들이 필요한 매트도 아름다웠다. 작품으로도 훌륭했다.

Sin님의 뜨게수세미는 늘 설거지용으로 쓰기가 아깝다고 여겼다. Sin님이 뜬 털실수세미를 사례를 하고 많이 얻어왔다. 하나, 둘, 셋, 넷, 대여서 일곱장을 가방에 넣고 문우들 모임에 들고 나갔다. 한결같이 예쁘단 칭찬에 동기들 모임에도 또 뜨게수세미를 가방에 챙겨서 갔다. 이제 나에게 남은 털실수세미가 한 개이다. 더 낡아지기 전에 거리에 할머니가 하는 난전을 찾아가 보아야겠다.

눈물꽃

김태환

일년에 한 번 피우는 꽃이
어찌 알았으랴
비 오는 날을.
알았으면 또 어쩌랴
피우는 게 운명이라면.
비님이 오시는 날
태화교 난간에 샤피니아 비에 젖어 축 처져있네.
시청 앞
노동조합 시위대도 천막 안에 들어가고 현수막은 비
에젖어 늘어져 있는데.
어쩌랴!
이 생은 글러먹었어
처진 꽃잎은 살아나지 않아.
비님은 오시는데
샤피니아 꽃잎에 눈물
은 뚝뚝 떨어지고

샤피니아는 페츄니아로 불리었던 꽃입니다.

오후가 되어 서울엔 비가 멎었습니다. 슬픔은 계속 내리는 비처럼 다가옵니다. 무언지 모르는 복바치는 설움이 주체가 안되는 때도 있긴 합니다.

텃밭을 일구는 동서가 땅콩을 선물로 보냈습니다. 튼실한 땅콩은 분명 풍년이네요. 껍질째로 물에 불린 땅콩을 잡곡과 함께 믹서기에 갈아서 죽을 끓였습니다.

땅콩은 콜레스테롤을 감소시켜 주고 비타민과 칼륨 등을 함유하고 있다고 하네요. 또한 동맥경화 예방에 도 효능이 있고요. 기억력 증진과 호흡기 기능을 강화한다고 하니 남은 땅콩도 두어번은 더 끓일수가 있 겠습니다.

단맛이 나고 영양이 있는 땅콩죽으로 몸 건강이나마 지켜보겠습니다.

지구는 나의 집

김익완

지구는 나의 집
세계의 축소판이 나요
나의 확대판이 세계이다
우주공간에 회전하며
빛과 어둠을 주고
약동하는 생명들과
비 바람
눈보라와
꽃 향기 뿜어내고
출렁대는 바다곁에
영롱한 햇살과 춤춘다

*

최근 읽은 책이 마인드 바이러스(Virus of the Mind)… 지은이는 리처드 브로디(Richard Brodie)이다.

생각을 전염시키는 바이러스에 대하여 326쪽까지 챕터12가 된다.

삶의 변화가 지식과 행복을 추구하는 마음으로 된다면 아름다운 세계가 다가올 것 같다.

퇴근길의 성수대교에서 차들이 밀렸었다.

한강을 핸폰카메라로 담고, 차들의 헤드라이트 불빛을 감상했다.

세상의 아름다움에 대하여 간직한 마음이 간접적으로 퍼뜨려지는 즉 중계는 필요하다.

마인드 바이러스로 어마하게 다른 세상을 가능하게 해주는 축복의 날을 기대한다.

그리움

유실비아

그리워 다시 만날까
조이며 한숨 내쉬네

어디서 우리 잘못되었을까

무엇이 그리
만들었을까

누구의 탓도 아니었네
어떤 것도 탓이 되지 못하네
그저 야속한 세월이요
이기지 못할 병마인 것을

친화와 긍정의 당신이 그립습니다.

직관과 통찰의 당신을 존경합니다.

친구같은 우정과 엄마같은 사랑에
이제 영원을 더합니다

*

불교에서는 고통과 연민, 짜증, 분노 등의 두려움과 얽히고설키는 일들을 유위법(有爲法)에 따라서 그렇다 하는데, 수행을 하여 그 얽힘에서 나오게 되는 무위법(無爲法)을 알린다.

그리움도 존경도 내가 만들고, 한숨과 뉘우침도 내가 만들었다면 모두 치울수 있을까.

시인의 그리움이 사랑으로 번져가고 있음을 본다.

시인은 위의 시에서 소설가 김청조님과 사제간 정을 다루었다.

태양이 그리워서

유영모

마음은 무엇을 객관적으로 결정하는 것이 아니다
마음과 몸은
다른 것으로 보아야 한다
그래서 만날 것 만나면
마음 그대로 해야 한다
그런데 마음이 제대로 하는 데는
사랑이 있어야 한다

*

친구가 얘기했던 모임은 결성된 지가 17년이 되었다
고 했다.

그 모임을 알게 된 지는 십여 년이 넘었다. 작년부터
우연하게 그 모임에 참석하게 되었다.

명동 에쇼페 카페에서였다. 놀랍게도 40여 년 전에
알고 지내던 분들을 세 분이나 만나게 되었다. 그분
들의 아름다운 모습은 여전했다. 그분들 중에 한 분
은 서천에서 피아노교실을 열어 놓고 있다.

대문 안에 나지막이 심어진 식물들의 정원 사진 하나
를 다시 들여본다.

화분들과 화단에 심어진 식물들이 사랑의 손길을 담
고 있음이 분명하다.

내가 되는 것

유영모

자기가 넘치게 될 때
남도 넘치게 한다는 것이다
식물로 말하면 꽃피는 것이다
꽃은 하늘의 태양이요
태양은 풀의 꽃이다
꽃이 꽃을 보고
태양이 태양을 보는 것이
내가 내가 되는 것이요
아버지의 영광을
드러내는 것이다

＊

冊「태양이 그리워서」 다석 유영모 시집은 현대어로
편집하여 출판되었다. (편집 함인숙, 김종란) 그중에
'내가 되는 것'을 옮겨본다.

기쁨으로 자기가 넘치게 될 때에 타인에게도 그 기쁨
이 넘치게 된다는 것일까.

식물로 말하면 꽃이 피는 것이다.

하늘의 태양은 꽃이며, 꽃이 꽃을 보고 태양이 태양
을 보고 내가 나를 보는 순간… 그 순간을 유영모 선
생은 기린다.

이제, 이제 와서 나를 들여다보고 애써 보듬는다. 힘
이 들면 힘들다, 싫으면 싫다고 하는 바름을 깨닫게
문을 열어주는 시이다.

김삿갓

김병연

죽장에 삿갓 쓰고 방랑 삼천리
흰 구름 뜬 고개 넘어가는 객이 누구냐
열두 대문 문간방에 걸식을 하며
술 한 잔에 시 한 수로 떠나가는 김삿갓
세상이 싫든가요 벼슬도 버리고
기다리는 사람 없는 이 거리 저 마을로
손을 젓는 집집마다 소문을 놓고 푸대접에 껄껄대며
떠나가는 김삿갓

눈물 젖은 두만강이 시그널뮤직으로 흐르던 라디오 방송 김삿갓으로 익숙했던 어린 시절이 있다. 1964년 4월부터 2001년 4월까지 무려 37년간 11,500회가 방송되었다고 한다. 김삿갓의 노래도 익숙했다. 명국환,이미자, 나훈아, 주현미 등이 김삿갓을 불렀다. 홍서범의 삿갓 삿갓 김삿갓 노래도 생소하진 않다.

조선 평안도는 홍경래의 난이 일어난 곳이다. 김삿갓 김병연(金炳淵)의 조부는 당시 홍경래에게 항복을 하여 역적의 죄를 지었다. 김병연은 영월에서 자랐고 백일장에서 장원을 했지만, 그 영광을 뿌리쳤다. 김병연은 전국을 돌며 방랑의 길을 이어갔다. 가는 곳곳에 뛰어난 시들을 남겼다.

근대에는 작가들이 김삿갓의 글을 발표했다. 일제강점기 무렵엔 잡지 삼천리와 신문에도 게재되었다. 불의에 항거했었던 김삿갓으로 그의 이야기가 노래로도 유행되었다. 군부시절엔 김삿갓의 노래가 금지곡이 되었다.

곱다

조규남

은은한 염료가 사려담은 빛의 가닥이다
감빛 노을이 아니라
다소곳이 물든 복숭아빛 노을
모든 꽃들은 예쁘다 해놓고 다시 수정한다
어떤 꽃은 예쁘고
어떤 꽃은 곱다
'곱다'는 '예쁘다' 보다 여운이 깊다
바람에 걸러지고 파도에 씻겨
거친 것은 모두 쓸려나간
팔순 넘은 노인이 참 곱다
알맞게 휘발된
엷은 햇살 같은 주름이 부드럽다
서릿발에 떨던 시간 자분자분 녹아
아련하게 스며든 자리
그늘을 곱게 껴입은
잔잔한 물결 아른거린다

알게 모르게 물들고 싶도록
과하지도 모자라지도 않게
잘 버무려진 세월이 하도 고와
파도 일렁대던 내 마음 유순해진다

*

할머니는 아흔이 넘게 사셨다.

할머니는 매일 아침 기도를 하였으며, 탤런트 한진희 출연의 드라마를 시청하였으며, 세끼식사와 거의 매일 장보기를 하였다.

버선을 챙겨 한복과 함께 단장을 하고 서울나들이도 다녀왔다.

내가 살면 얼매나 살끼고.

이번에만 다녀올까 한다고 하고는 여러해동안 외출을 하였다. 그리고 십년을 더 사셨다.

역시 고운모습을 가졌던 할머니로 기억을 한다.

두 그림자

이시카와 다쿠보쿠

파도 소리의
음악에 깊어가는
황폐한 바닷가의 밤
모래밭 꼭꼭 밟으며
나는 걸어본다
海原에 기우는
가을의 밤
달은
둥글어라
언뜻 보니
새하얀 모래 위에
그림자 있어 또렷하기에
나 발걸음을 옮겨보면
그림자 또한 걷고
손 들어보면, 손까지 들어주며,
멈추면 그도 멈추고

응시하면, 말없이
다만 내게 동무하여 올 뿐.
눈을 들어, 허공을 보면
거기에 또 그림자 하나
아아, 두 개의
그림자 어쩐 일이지
하는 사이에, 허공의 그림자,
꿈과도 같이, 사라져, 흘러가,
海原에 달이 들어가
땅 그림자도 보이지 않게 되고
나는 또
거친 해안에 한 사람.
아아, 어찌하여, 어디로
사라졌는가, 두 그림자는.
그건 몰라. 다만 여기에.
사라지지 않은 나, 홀로 서 있나니.

*

이시카와 다쿠보쿠(石川啄木)…

백석 시인은 이시카와 타쿠보쿠의 石자를 자신의 외자 이름 石으로 했다는 얘기가 있다.

이시카와 다쿠보쿠 시인은 〈두 그림자〉에서 마침표, 쉼표를 적극적으로 활용한다. 그림자는 온데간데없고 나로 온전히 남아 있을 때에 시인은 자신의 현존을 말한다. 당시 20대의 시인은 조선을 미워할 까닭이 무엇인가를 일본정부에 말했다. 그리고 한일 강제병합에 부정적인 시를 썼다.

파도소리를 음악으로 들으며 모래밭을 걷는 다쿠보쿠! 바다는 모성을 나타낸다고 한다. 뭇 사람들은 바다가 보고 싶다고 훌쩍 여행을 떠나기도 한다. 나를 바로 볼 수 있는 지금 여기. here and now.

〈두 그림자〉를 읽으며 나는 나를 상상의 바다로 내몬다. 그리고 바다를 향해 외쳐본다.

아아!

여기 내가 있음이요!

시인은 일본 동북부 이와테 태생이고 아버지가 스님이었다고 한다. 이와테 바다에서 쓰나미가 몰려왔던

동영상을 보았었다. 슬프고 험했던 자연재해가 있기
그 이전의 1900년의 이와테 소박한 어촌마을의 풍경
을 떠올려본다.

長安一片月　장안일편월

萬戶擣衣聲　만호도의성
秋風吹不盡　추풍취불진
總是玉關情　총시옥관정
何日平胡虜　하일평호로
良人罷遠征　양인파원정
장안엔 조각 달 하나
집집마다 다듬이 소리.
가을바람 한없이 불어올 제면
하나같이 옥관을 그리는 마음 뿐.
어느 날에나 오랑캐 무찌르고서
고운 님 먼 출정을 마치려는고.

*

이백(李百, 701~762)의 시는 전래동요 "달아달아 밝은 달아"로 익숙하다.

1,300년이 지난 지금도 중국 어린이들은 이백의 시를 외운다고 한다.

시인이 지은 시는 무려 1,100편으로 다양하다.

이백의 아버지는 페르시아에서 당시 당나라로 이주하고 성을 이씨로 하였다고 한다.

찬바람이 이는 계절 가을, 출정 중인 낭군님을 기리며 집집마다 다듬이질을 한다.

옷이라도 깨끗이 지을 모양이다.

아낙들은 어서 전쟁이 끝나길 바라는 마음이다.

마침 이맘때의 가을하늘은 조각달을 담고 있다.

그 조각달은 왠지 오랜 시일을 암 하는 듯하다.

가을노래이다.

중국의 시는 제목이 없다고 한다.

다듬이 방망이를 다듬잇돌에 두드리는 아낙들과 그윽한 마을풍경이 그려진다.

변방에서 아무쪼록 무사히 돌아오길 바라는 마음.

이백 시인 살아생전 당시는 8세기였다.

중국의 문학 전통의 힘을 느끼게 되는 시이다.

아무 소용이 없구나

백신종

그랬지
팔월 열나흘 한가위 달맞이를
서른 해 동안
꾸준히 이어 온 건
술 때문이었으리라
술 맛 멀어진
벗들 바람 잡기도 뭣하고
금귀봉 봉수대 올라 달 보고
절 하고
뒤로 돌아 해 보고 기도하며
언뜻 내 나이를 보네
혼자 오른 까닭이 여기 있구나
아름답다
뜨는 달 지는 해
누가 일러
나이를 먹어야 세상을 깨닫는데,

깨닫고 나면 그때는 아무 소용없는
나이가 된다더니
아
그걸 이제사
허허
아무 소용이 없구나

*

황금색 벼들이 논을 덮고 있다.

더러 추수를 마친 곳도 보인다. 소슬한 가을바람이 대나무숲에서 불고, 하늘은 푸르고 높다.

사는 날들이 언제나 추수만 하는 날만 있는 것도 아니다. 빈들은 겨울을 지나야 한다.

모자라긴 누구에게나 있을 것 같다. 계절이 지나고 있음을 알게 되는 것만도 정진이라 여겨진다.

독일 수상이었던 슈뢰더의 책 〈아직도 시간은 있다〉를 읽고 있다. 슈뢰더는 책서문에서 많은 사람들이 참여하는 일에는 성공을 가진다는 확신을 가졌었다. 이상을 가진 이들은 자유로울 수 있다. 하늘과 달과 태양을 바라보는 시인의 모습을 그려본다.

화개산 오름 하던 날

박명화

교동면사무소 옆 자락에 변전소 있다.

그 앞으로 가면 집오리 꽥꽥거리고 그 옆으로 가면
화개산 자락 오름 하는 길.

양옆으로 보랏빛 엉겅퀴 수줍은 듯 고개 끄덕이며 아
는 체한다.

아기 볼살만큼이나 튼실한 빨간 고추는 풍만한 가슴
으로 하늘보기를 멈추고 익어가는 가을 앞에 조신하
게 서 있다.

까치 깍깍거리는 감나무 이파리 덩달아 붉은 가을 익
혀내고 있다.

밤나무 가지에 일렁이는 바람결에도 자라목이 된다
는 20년 수절 은자엄니.

약수터 지나 오름하고 내려오는 길 힘줄 선 팔목에
쥐어든 낫자루.

어느새 인진약쑥 뭉터거리며 베어진다.

가을과 버무려 산자락에 살짝 내려놓는다.

내려놓기 위한 오름이었던가.
산자락만큼이나 무거웠을 세월.
한 줌 뚝 떼어 길섶에 흩뿌려 놓는다.
산자락에 숨어든 노을빛 흩뿌려지듯 흩어진다.

*

감나무에 잎들은 이미 떨어지고 감들이 달려있다. 누구도 건드리지 않으니 새들이 다녀간다.

1970년에 나는 중학교를 입학했다. 추첨번호 8번은 창덕여중이었다. 아부지는 역사가 있는 학교에 가게 되었다고 하셨다. 중학교에서 배운 각 과목은 어려웠지만 내가 좋아하는 그림그리기에 열중하며 미술반에서 활동한 것이 가장 기억에 남고 뜻깊었다.

최근 종로마을 N신문사에서 주최한 강좌를 수강하느라 자주 헌법재판소 옆을 지나갔다. 그곳 뒤뜰에 있는 백송을 보며 지나가게 되었다. 가까이는 가지 않고 멀찌감치서 백송을 보았다. 수형이 중학교 앨범 사진과는 사뭇 달랐다. 가지도 커진 것 같지 않고 솔잎들도 적었지만 이대로 보존되는 것만도 다행이다. 천연기념물인 백송이 도시환경에 잘 적응하며 버텨주길 바란다.

〈교동면사무소 옆 자락에 변전소 있다〉시에 쓰인 풍경으로 나는 자주 간다.
오리는 꽥꽥.
까치는 깍깍.

사랑하는 사람들

베르톨트 브레이트

커다란 곡선을 그리며 날고 있는 저 두루미들을 보아라!
하나의 삶을 벗어나 다른 삶의 공간으로
그들이 날아가 버렸을 때, 그들과 곁들여 있었던
구름도 이미 그들을 따라갔다.
똑같은 높이와 똑같은 속도로
두 마리의 두루미는 아주 바싹 붙어서 날고 있는 듯
보인다.
그들이 잠시 날고 있는 아름다운 하늘을
두루미는 구름과 함께 분할하는 것 같다.
그리하여 하늘에서는 지금 둘이서 바람을 타고 나란
히 날으면서
느끼는 상대방의 몸놀림 밖에는
아무것도 보이지 않는 것 같다.
이렇게 바람은 그들을 무無의 경지로 유혹하려 한다.
그들이 덧없이 사라지지 않고 머므른다면, 그동안 아
무것도 그들 둘을 건드릴 수 없고

비가 두렵거나 총소리가 울리는 모든 곳으로부터
그들을 좇아 버릴 수 있을 것이다.
그러면 별다른 차이 없이 둥그런 해와 달 아래서
서로 담뿍 사랑에 도취하여, 그들은 끝없이 날아갈
것이다.
너희들은 어디로 날아 가느냐?
아무 곳도 아닌 곳으로
누구로부터 떠나 왔느냐?
모든 것들로부터.
그들이 함께 있은지 얼마나 되었느냐고,
당신들은 묻는가?
조금 아까부터다.
그러면 언제 그들은 헤어질 것이냐고?
곧.
이처럼 사랑이란 사랑하는 사람들에겐 하나의 짧은
멈춤으로 보인다.

*

현실세계와 유리된 행복의 허망

시의 제목 사랑하는 사람들은 본래 오페라 〈마하니시의 번영과 몰락〉에 나오는 노래이다.

초가을의 일기를 들추어본다.

하늘엔 뭉게구름이 피어나고, 내가 아는 아가들은 환절기 탓에 열이 나고 목이 아프다고 했다.

처서가 지나고 아침 기온은 선선했다. 세수를 하고 곧바로 로션을 바르지 않으면 안 되게 되었다. 여름 동안엔 선크림 외에 무얼 바르지 않아도 되었었는데 말이다.

시장이나 난전과 가게마다 사과와 복숭아가 눈에 띄었다. 가격도 매우 차이가 났다. 여름휴가를 다녀왔다는 문우는 피부가 복숭아처럼 발그레해져서 모임에 나왔다.

더운 날씨 탓으로 미룬 걷기를 해야 했고, 그동안 미루어 두었던 이불호청도 세탁을 했다.

생협에서 대구살과 어묵 등을 샀다. 대구살은 전을 부치고 어묵은 탕을 끓였다.

여느 해보다 열흘 정도 이른 듯한 추석이 곧 다가오니 친척들과는 성묘 다녀온 얘기를 전화로 하였으며

차례를 지내는 시간을 알렸으며 곧 만나기를 약속했
다. 지나온 결혼생활 40여년에 사랑하는 사람들과의
삶에서 번영은 무엇이었으며 몰락은 또 어떤 일들이
었을까 거듭 고개가 숙여진다.

알스트로메리아

파블로 네루다

이 1월달에, 알스트로메리아,
땅 밑에 묻혀 있던 그 꽃이
그 은신처로부터 고지대 황무지로 솟아오른다.
바위 정원에 핑크빛이 보인다.
내 눈은 모래 위의
그 친숙한 삼각형을 맞아들인다.
나는 놀란다.
그 창백한 꽃잎
이빨, 그 신비한 반점을 지닌
완벽한 요람,
그 부드러운 대칭을 이룬 불을 보며---
땅 밑에서 어떻게 준비를 했을까?
먼지, 바위 그리고 재 이외엔
아무것도 없는 거기서
어떻게 그건 싹텄을까, 열심히, 맑게, 준비되어,
그 우아함을 세상으로 내밀었을까?

지하의 그 노동은 어땠을까?
그 형태는 언제 꽃가루와 하나가 됐을까?
그 형태는 언제 꽃가루와 하나가 됐을까?
어떻게 이슬은
그 캄캄한 데까지 스며내려
그 돌연한 꽃은
불의 뜨거운 쇄도처럼 피어올랐을까.
한 방울 한 방울,
한 가닥 한 가닥
그 메마른 곳이 덮일 때까지
그리고 장밋빛 속에서
공기가 향기를 퍼뜨리며 움직일 때까지,
마치 메마르고 황폐한 땅으로부터만
어떤 충만, 어떤 개화,
사랑으로 증폭된 어떤 신선함이 솟아올랐다는 듯이?
1월에 나는 그렇게 생각했다.

어제의 메마름을 바라보며, 지금은 수줍게, 생기있게
알스트로메리아의 부드러운
무리가 자라는데;
그리고 한때 돌 많고
메마른 평야 위로
향기로운 꽃의 파도를
물결치며 바람의 배가 지나갈 때.

*

교회 달력으로 보면 크리스마스를 앞두고 새로운 한
해가 시작된다.
알스트로메리아 꽃이 1월에 피어나는 칠레의 척박한
땅 어느 산중을 그려본다.
경험으론 꽃병에서도 이 꽃이 비교적 오래 피어 있
다. 생명력이 강하다.
문학투사로 불리는 파블로 네루다(Pablo Neruda,
1904~1973)는 라틴아메리카 칠레 시인이다.
1971년 노벨문학상을 수상했다.

눈이 오는 날은

김후란

눈이 오는 날은
하늘도 낮아지고
온 세상이 무릎을 꿇는다
경건하게 부드럽게
날리는 눈송이조차
흘러가는 강물 같은 시간 위에
그리움과 아쉬움의 언어로
조심스레 내려앉는다
이런 때 흠뻑 눈에 덮인 숲 속 나무들의
침묵의 기도 소리 들으며
살아가는 길에 보이지 않는 아픔이
비수로 남아 있음을 참회하며
저리 빛나며 흩날리는
눈 내리는 하늘을 향하여
새날은 정녕 미소로 맞아야 함을
덕성과 은혜로움의

눈처럼 모든 걸 덮어야 함을
생각한다

*

시 「눈이 오는 날은」은 김후란 시인의 시집 『따뜻한
가족』에서 읽었다.

시인은 1959~1960년 현대문학으로 등단하였다.

「눈이 오는 날은」을 읽고 가족에게, 친구에게 눈소식
을 전하는 겸 안부를 주고 받았다.

보고픈 가족은 영상통화로 대신했다.

창밖으로 본 눈이 온 자연풍경이 은혜롭다.

시간은 강물인가

김후란

시간은 흐르는 강물인가
누구도 잡을 수 없는 옷깃이며
누구도 앞당겨 뛰어갈 수 없는
흐르면서 그려지는 실체인가
지난날을 돌아보면 참 많은 일이 있었다
결코 풀리지 않는 속매듭이 가슴에 박혀 있다
많은 사람을 떠나보냈으며
가지 않았어야 할 길이 상처로 그어져 있다
차가운 살갗에 새겨진
어제 오늘 그리고 내일
해는 또다시 떠오르고
새날의 빛은 강물을 타고 흐른다
후회 없을 눈부신 날들이
너에게
나에게
다시 펼쳐지기를 기대하며

시인은 예언자인가.

코로나19로 모두들 어려움을 겪는데 시 단락 단락이 무척이나 공감된다. 1년이 어찌 지났는지 벌써 연말이 가깝다. 건강을 염려하며 우리는 얼른 시간이 지나길 기다린다, 시간이 해결해 준다는 말은 위로가 아닌 한숨을 자아내게 한다.

가을은 지났는데 유난한 푸른 하늘이 놀랍다. 맑은 하늘은 금새 황금빛 노을로 변하며, 남은 햇살은 강물에 내려앉는다. 땅거미가 지고, 늑대와 개를 구분 못하는 밤이 되었다.

가깝게 지내던 분이 코로나 확진으로 입이 쓰고 기침과 열이 난다고 메세지를 보내왔다. 치료병원으로 가기 전에 집에서 대기 중인데 스마트폰과 읽을 책을 챙기기를 권유했다. 식사 잘하기를 당부했다.

아무쪼록 치료를 잘 받고 오길 기원한다.

붕어빵

최영효

언젠가
언젠가는 고향으로 돌아가리
그렇게 다짐하며 지느러미 세우고
도시의 유영을 끝낸
탈출기를 쓰고 싶다
싸구려 떨이로 팔릴 밤 늦은 좌판 위에
부레를 뒤집으며 노릿노릿 엮은 꿈들
절망도
희망과 함께 세간살이 이웃이다
검정말 방아깨비 짚신벌레 옛친구야
잊히지 않기 위해 흘러간 노래 부르며
서문엔 이렇게 쓰리
푸른 강에 가고 싶다

*

시인 최영효의 시를 읽으며 공감하는 곤충은 방아
깨비다. 내가 어려서 살았던 곳은 논이 가깝게 있었
다. 그 시절엔 방아깨비가 많았고 도랑이 있어 미꾸
라지가 정말 친구였었다. 지금도 생생하게 기억나는
논과 밭이다.

고향이 아니더라도 나도 시인처럼 어디론가 가고 싶
지만, 틀에서 방금 찍어낸 따뜻한 붕어빵 봉투를 들
고 버스정류장을 한두 곳 정도는 걸어가서 되돌아오
고 싶다.

노루귀

박명화

겨우내 언 땅 속에서
봄을 준비한 노루귀
부스스
낙엽 털고 기지개 켠다
여린 꽃대
살랑대는 봄내음보다
먼저 배운 마스크
귀에 걸고
거리를 두고
계절이 오는지 가는지
모르는
후미진 일상
흔적만 피우고 사라진다
바람의 눈에도
잘 안 띈 작은 꽃
입 다물고 멀찌감치

두 귀만 쫑긋
내가 배울 겸손이다

*

새해가 되니 왠지 맘은 벌써 봄 만 같다. 이르게 했던 김장김칫독을 비웠다. 냉장고 안이 훨씬 넓어졌다.

십여 년이나 지난 기억이다. 차가운 바람이 부는 겨울 끝이었다. 양평 중미산 아래 노루귀의 서식처를 찾아가 본 적이 있었다. 낙엽 속에 잘 보이지도 않는 노루귀는 색감이 아주 옅었다.

바람의 눈에도 잘 안 띈 작은 꽃…

그러한 노루귀의 모습에서 시인은 겸손을 읽었나 보다.

PART Ⅲ
슬픔의 우물

슬픔의 우물

데이비드 화이트(David whyte)

슬픔의 우물에 빠져
고요한 수면 밑 어두운 물 속으로 내려가

숨조차 쉴 수 없는 곳까지
가 본 적 없는 사람은

결코 알지 못한다, 우리가 마시는
차고 깨끗한 비밀의 물이 어느 근원에서 오는지.

또한 발견하지 못할 것이다,
무엇인가를 소망하는 사람들이 던진

작고 둥근 동전들이
어둠 속에서 희미하게 빛나고 있는 것을.

*

어려서 가족과 동해바다에 놀러 갔었다. 나는 파도타
기를 재미나게 하다가 바다에 빠진 경험이 있었다.
얕은 곳이어서 다행히 기어 나왔었다.

나머지 낮 동안은 모래쌓기를 하며 놀았었다. 강과
바다가 만나는 곳엔 물살이 더 세어 보였었다. 저긴
절대 들어가면 안 된다고 다시 조심하기를 언니가 일
러주었다.

나는 언니와 바닷가를 걸으며 하얀 조개껍질을 주웠
었다.

겨울 만다라

임영조

대한 지나 입춘날
오던 눈 멎고 바람 추운 날
빨간 장화 신은 비둘기 한 마리가
눈 위에 총총총 발자국을 찍는다
세상 온통 한 장의 수의에 덮여
이승이 흡사 저승 같은 날
압정 같은 부리로 키보드 치듯
언 땅을 쿡쿡 쪼아 햇볕을 파종한다
사방이 일순 다냥하게 부풀어
내 가슴 손 빈 터가 확 넓어지고
먼 마을 풍매화꽃 벙그는 소리
들린다, 참았던 슬픔 터지는 소리
하얀 운판을 쪼아 또박또박 시 쓰듯
한 끼의 양식을 찾는 비둘기
하루를 헤집다 공친 발만 시리다
아니다, 잠시 소요하듯 지상에 내려

요기도 안 될 시 몇줄만 남기면 되는
오, 눈물겨운 노역의 작은 평화여
저 정경 넘기면 과연 공일까?
혼신을 다해 샤바를 노크하는
겨울만다라!

남쪽에는 매화꽃이 피었다고 소식을 전해오니 십오
년 전 겨울 동안 병고에 시달리던 친정 엄니가 생각
났다.

엄니는 매화꽃이 몽우리를 맺을 무렵에 돌아갔다.

구포역에서 지척인 장례식장에서 엄니가 다니던 절
에 보살님들이 문상을 와서 어떤 경을 읽는데 마치
천상의 음성이 있다면 이와 같으리라. 대전 선화동에
중국인 주지 스님이 일군 일관도에서 엄니는 파와 고
기, 마늘을 먹지 않는 청구에 서약을 하고 기도에만
일념하였다.

나는 모태신앙을 일관도로 하고 태어났다. 기나긴 겨
울 만다라를 이겨내는 곤고한 삶도 엄니의 기도의 힘
이 받쳐준다고 믿어왔다.

아침에 겨울 만다라를 읽으며 오늘을 감사하며 하루
를 맞는다.

눈이 오면, 보고싶다

노래 임채언, 이정아

깊은 밤 좁은 골목길 사이로
하얗게 눈이 내리는 하늘을 보면
네 생각이 나고
간만에 만난 친구들 모임에
어쩌다 너의 소식이 들리는 날은
네가 그리워져
우리 처음 만난 날 집 앞 그 골목에서
설레는 마음으로 사랑을 고백했던 그 날
이젠 추억이 되고
밤새워 나누었던 수많은 얘기들과
우리 함께 하자고 약속했던 일들이 떠오르면
I'm longing for you
하얀 눈이 내려오는 하늘을 보면
함께 듣던 노래들이 들릴 때면
살며시 너를 불러본다
쌓여가는 눈을 밟고 걸을 때면
함께 했던 추억들이 떠오르면

그리운 네가 보고 싶다
가끔씩 네가 그리운 날이면
우리가 자주 만나던 카페에 앉아
널 그리곤 해
우리 헤어지던 날 내리던 눈 사이로
미처 하지 못했던 말들이 가슴속에 남아
이젠 후회가 되고
언젠가 우리 다시 만나는 날이 오면
너에게 다시 한번 들려주고 싶었던 그 말
널 사랑한다
하얀 눈이 내려오는 하늘을 보면
함께 듣던 노래들이 들릴 때면
살며시 너를 불러본다
쌓여가는 눈을 밟고 걸을 때면
함께 했던 추억들이 떠오르면
그리운 네가 보고 싶다

날씨와 생활은 밀접하다. 겨울 어느 날 해가 있어도 날리는 눈발이 신기해서 하늘을 보았다. 떡가루처럼 날리던 눈이 땅에 떨어지는 순간 없어져 버린다. 공기는 차고 땅에는 봄기운이 올라온다. 마산 사는 친구는 가덕도로 냉이를 캐러 간다는 소식을 보내왔다. 지인이 밴드를 결성하여 연습 중이란다.

음악은 당시의 들었던 장소와 만난 친구들이나 가족, 어느 단체, 아니면 나 홀로였다 하여도 그때를 기억하게 된다. 그리고 다시 오지 않는 그 추억에 매달려 그리워하거나 행복했던 기억과 함께 다시 듣게 된다. 부를 노래는 블랙홀의 〈깊은 밤의 서정곡〉이다. 제목도 어렴풋, 아니 도무지 생소하여 검색을 했다. 제목에 끌려서 듣고 또 들었다. 음을 익히려고 했었다. 하지만 잘 기억하지 못했다. 귀가 어두웠다. 벌써 귀가 먹었구나라고 누가 말했다. 그래. 우리 나이가 적은 건 아니지라고 혼잣말로 중얼거렸다.

조금 조용한 곳을 걸으며 노랠 다시 들었다. 높은음을 누구도 따라 부르긴 힘들고 보컬도 쉽진 않다고 했다. 〈잠 못 드는 그리움〉이란 노래도 들을수록 밀려오는 파도처럼 아름다운 시간들이 떠오른다.

이젠 세상에 없는 가족과 함께하지 못하는 민족과 사랑했던 친구들과 이루 알지도 못하는 난민들에게도 이 노랠 들려주고 싶다. 〈눈이 오면, 보고 싶다〉는 노래도 들으면 들을수록 옆에 있는 친구가 말을 하는 느낌이다.

따뜻한 얼음
박남준

옷을 껴 입듯 한 겹 또 한 겹
추위가 더할수록 얼음의 두께가 깊어지는 것은
버들치며 송사리 품 안에 숨쉬는 것들을
따뜻하게 키우고 싶기 때문이다
철모르는 돌팔매로부터
겁 많은 물고기들을 두 눈 동그란 것들을
놀라지 않게 하려는 것이다
그리하여 얼음이 맑고 반짝이는 것은
그 아래 작고 여린 것들이 푸른빛을 잃지 않고
봄을 기다리고 있기 때문이다
이 겨울 모진 것 그래도 견딜 만한 것은
제 몸의 온기란 온기 세상에 다 전하고
스스로 차디찬 알몸의 몸이 되어버린 얼음이 있기 때
문이다
쫓기고 내몰린 것들을 껴안고 눈물지어본 이들은 알
것이다

햇살 아래 녹아내린 얼음의 투명한 눈물자위를
아 몸을 다 바쳐서 피워내는 사랑이라니
그 빛나는 것이라니

*

밤사이 봄비 내리는 소리에 귀 기울이며 「따뜻한 얼음」이라는 시와 긴 겨울을 지내며 쪽문의 창을 하나 더 내달았다는 내용의 「적막」이라는 박남준 시인의 시를 읽었다. 적막은 시집의 제목이기도 하다. 다음 날엔 영하의 날씨로 눈이 내려 부엌창으로 본 북한산 풍경이 아름답다.

나는 1973년에 중학교를 졸업하고 재수생으로 지내었다. 아버지가 돌아가시고 살던 집에서 수유리 새 주택단지로 이사를 했다. 연합고사가 처음 치러지는 해였고 나름대로 나는 성적도 좋아 희망한 고교에 진학했다. 여러 해를 지나면서 언니와 나는 겨울대비 김장을 했다.

이상하게 연탄불은 자주 꺼트렸다. 돈이 있는 만큼 성냥을 사서 화약이 터트려질 때마다 나무에 불이 조금씩 붙어 연탄에도 불이 붙었다. 겨우 피워낸 연탄불이 홀러덩 반쯤 넘게 타버려 밑불로 써가며 레루로 옮기기도 했다. 그때에 번개탄이 있었는지는 모르겠다. 그런데 나는 연못 속에 붕어들이 또 추위가 걱정되어 무단히 테라스로 옮겨두었다. 아뿔싸. 이 말은 아버지가 자주 했었다. 삼촌과 바둑을 두다가 자주 터트

리는 아쉬움이 섞인 그런 말투였는데 내가 또 아뿔싸
를 터트렸다.

수유리의 겨울 어느 날 아침을 기억한다. 바께쓰 어
항에 놀던 붕어와 물이 몽땅 얼어버렸다. 그 시절
「따뜻한 얼음」의 이치를 깨달았더라면 붕어들을 그
대로 연못에 살게 할 걸 후회가 된다.

그 집 주인에게 쫓겨나기 전까지 나는 3년 즈음이나
살았다. 그 집은 지붕 전체가 옥상이었다. 여름에 더
운 건 참겠는데 겨울엔 무척 추웠다. 난방은 연탄레
루뿐이었는데 가스가 방으로 들어와 나는 여러번 쓰
러졌다. 언니가 동치미 국물을 떠다 주어 나는 그걸
마시고 차가운 마루에 누워있었다. 오빠가 약국문을
두드려 약사에게 시계를 맡기고 동생이 연탄가스를
마시고 쓰러졌는데 깨어나게 하는 약을 달라고 하여
받아왔다고 했다. 오빠가 한번은 너무도 다급한 마음
에 맨발로 약국으로 뛰었다고 했다. 연탄가스가 무서
워 아예 안 읽는 책들을 몽땅 태워 가며 방구들을 데
웠다.

연탄불이 꺼졌던 밤사이를 지낸 아침에는 웅크렸던
어깨가 안 펴졌다. 나는 속으로 연탄 아궁이 구조도
모두 따로 있고, 연탄가스도 방으로 새어 나게 되어

사람 죽겠다고 설계한 집장수에게 푸념을 했다. 하얗
고 눈도 똘망했던 해피도 목욕탕에서 잠자다 쓰러졌
다. 오빠방의 연탄레루가 목욕탕에 있었기 때문이었다.
시인이 노래한 따뜻한 얼음은 참 공감이 가므로 점점
나의 사유가 늘어졌다. 다음에 옮긴 주거지역에서는
침대에서 지내었는데 뜨거운 물을 넣은 핫팩을 껴안
고 잤었다. 가장 춥게 지내었던 그 겨울들을 회상하
며 나에게 따뜻한 얼음이었던 언니와 오빠에게 감사
한 마음을 가진다.

*

지난달에 나는 마장호수 둘레길을 걸었다. 사람들이
호수에 돌을 던졌던 자국이 여러 곳에 남아있었다.
살얼음이 언 마장호수에 돌을 던져보았던 그 호기심
도 이제부턴 버려야겠다.

존 재

장태삼

존재는
서로의 심장에
소금을 뿌리는 것이다
가끔은
서로의 심장에
입 맞추기도 하지만

*

사랑과 미움이 동시에 생기는 경험이 있다. 싸우고
다시 친해지고, 긍정이었다가 부정한다.
지인이 할머니 장례에 다녀오는 길에 소금을 찾는다.
할머니가 정이 많아 생각하면 애틋하지만 죽음은 싫다.

Break Your Box
찬열

한 걸음씩 발걸음을 떼
쉽지 않을 걸 알지만
희미하게 흘러나오는 빛줄기 향해
달려나가 날개를 펴고 저 멀리멀리
하늘 끝에 닿을 때까지 높이 날아
Break your box 벗어던져
Break the pressure 태워버려 다
끝이 보일 듯 보이지 않는 어둠 속
그 안에 혼자 있는 나
마치 줄에 묶여있는 개처럼
벗어날 수가 없어 왜 제자리일까
계속해서 발버둥 쳐봐도 그대로야
달려보고 싶어 저 멀리
내 숨이 닿는 곳까지
이제는 벗어나려 해
감은 눈을 뜨고 천천히

한발씩 앞을 향해 내딛는 나
저 멀리멀리 하늘 끝에 닿을 때까지
높이 날아
Break your box 벗어던져
Break the pressure 태워버려
Break your box 벗어던져
Break the pressure
태워버려 다 Break

*

양정웅 감독의 음악영화 「더 박스」가 영화사테이크 제작으로 지난 3월24일 개봉했다. 뮤지션 지훈역은 엑소 멤버 박찬열이다. 홀로 기타 연주하는 것을 즐기던 지훈의 음악적 재능을 알아보는 프로듀서는 민수! 배우 조달환 출연이다. 민수는 지훈에게 전국 연주를 제안한다. 민수는 살롱 경영에 어려움을 겪고 있었으며 빚이 늘어가던 차에 지훈을 설득하여 결국 전국으로 음악여행을 떠나게 되는데…

첫 공연은 안익태 작곡의 애국가였다. 외국곡 외에 작사, 작곡한 노래와 연주까지 하게 되는 찬열은 지훈 배역에 충실했다. 박스 안에서만 노래를 부르는 지훈은 무대공포증이 있다. 전국 각 도시로 버스킹을 떠난다. 박스를 벗어나 뜻밖에도 관객과의 경계를 무너뜨리는 계기가 생긴다. 나나와 「What a wonderful world」를 연습하고 나서였다. 무대에서 박스를 벗고 발표하려 했지만 결국은 무대를 뛰쳐나간다. 지훈은 새로운 범주를 만든다.

우리는 누구나 저마다의 박스를 하나씩 덮어쓰고 사는 듯하다. 위의 노래는 벗어버려, 벗어버리자를 외친다. 드디어 두려움을 떨치게 된다. 어느 날 밤에 지훈은 드디어 힘겹지만, 기타연주와 노래도 하게 된다. 나의 가치를 알면 세상이 변한다. 존재의 이유를 찾는다. 결국 박스는 태워버리고 지훈의 음악세계를 맘껏 펼치게 된다는 내용인데 바람직한 삶이라 여겨진다. 미리 검색하고 영화를 관람하니 익숙하고 장면마다 공감되었다.

술렁이는 오월

권영옥

모란은 수직을 달리는 꽃불
뜨거운 감옥이다
벌의 더듬이가 꽃잎 속으로 들어오면
무엇인지도 모르면서
어깨에 접이식 통을 달고다닌다
통통한 입술을 좋아하니?
그 밤에 꽃불 타는 소리가 대단했다
벌이 긴 시간 동굴을 헤치면 발바닥은 낡고
꿀이 빠진다
오래된 향기
화단 한쪽에서 꽃잎이 떨어진다
어젯밤 모란의 염문이 뿌려진 정원에는
개미 떼가 분주하고
한낮이 돌아오자
벌의 날개는 작약을 향해 비행을 준비한다
미망인 그녀는 조용히 커튼을 친다

*

시집 『모르는 영역』 106쪽에 실린 「술렁이는 오월」을 읽고 지나가 버린 봄을 서럽게 회상한다.

지난봄에 언니가 돌아갔다.

십오 년 전에 언니는 혼자 되었다. 봄을 수차례 보내면서도 그 봄의 꽃들은 모두 슬프게 기억났다.

겸사겸사 나는 언니가 있는 양평 정배리 선향에 자주 갔었다. 부엌에서 방충망을 열었는데 벌에 쏘였다. 벌에 쏘인 손에 된장을 조금 얹었다. 낫긴 했으나 벌침이 남아 있어 얼른 빼내었다. 선향에 해당화가 핀 마당이 기억난다.

일광놀이

권영옥

학은 매일 달을 향해 날아가지요
커프스버튼이 빛나는 흰색 와이셔츠를 입고
달은 시폰 블라우스 날리면서
꼬인 쇠줄을 풀지요
일 년 전
달을 뒤집었을 때는 잿빛 두루미가 나왔는데요
천체와 조류의 인연설은 아마 사랑학에도 없다고 하
지요
학은 양털구름에 걸터앉아
달을 향해 웃고
꿈에서도 목덜미를 비비다가
날개로 엉덩이를 스리슬쩍 스치다가
흰털이 노란 털로 물드는 변온조류
내 이럴 줄 알았어
학은 타짜에게 잡혀서 다리를 질질 끌려가고
목이 쪼이고

화투패에 따라 몸이 내동댕이쳐지지요
노름집의 바람창을 겨우 빠져나온 학
빠진 날개를 줄기차게 붙여
날개를 단 천사가 되었지요
학은 방앗간의 쌀 열두 섬이 금가루가 될 때까지 달로
날아가고 있네요

코로나 이전에는 마산에 사는 친구집에 해마다 그룹을 지어 가곤 했었지요. 주인장은 아래채에 화투를 가져다 놓았지요. 민화투만 치는 나에게 친구가 도움을 주어 백 원 돈따먹기를 이어가다가 천 단위로 잃고는 잠시 쉬기도 했었지요. 화투치는 여유로 웃고 떠들었던 나들이가 생각납니다.

베란다 방충망에서 매미가 울었어요. 얼른 달려가 매미를 사진에 담고, 남은 시간은 동영상으로도 20초 분량을 챙겼답니다. 맴맴맴 매에맴. 작지 않은 울음이지만 반갑기만 했어요. 동영상을 들여다보면서 나름 순간포착이 뿌듯했지요.

매미가 알에서 깨어나려면 7년이 걸린다고 합니다.

거푸 7년을 세번 꺽어 내려가면 21년 전이 되는데, 지금 사는 아파트는 우리 가족이 입주한 지가 25년쯤이 되었어요. 그즈음 막내인 딸은 3살, 둘째 아들은 10살, 큰아들은 14살이었지요.

큰아이는 매미채를 들고 베란다로 나갔어요. 반대편 창문을 열고 매미채로 잡으려는데 매미는 순간 날아가 버리고요.

"아이구 놓쳐버렸네…"

"밖으로 나가서 잡아보자!" 나는 아이들을 데리고 근처 나무가 많은 중학교 운동장으로 갔었습니다. 은행나무에서 센 울음을 우는 매미를 보고 나는 급한 김에 얼른 손으로도 덥석 잡았었지요. 집에서 매미를 놓쳤던 아들의 그 아쉬움을 달래주긴 했지만, 아이들은 매미를 날아가게 놔주었어요.

나의 유년기에는 사과나무에서 매미를 채집을 했지요. 방학숙제로 곤충채집, 식물채집을 해서 학교에 가져갔지요. 까맣게 잊고 지냈던 기억들입니다. 점수가 좋았던 친구들의 채집 상자들은 교실 뒷자리에 전시를 했어요. 개학을 하고 어느덧 한 주 이상이 지나면 과제물들을 돌려받았는데요. 그때의 기억들이 쓰라립니다. 매미의 날개가 부서져 있었던거에요. 상자에 곤충들을 고정시켰던 핀이 빠져있었고요.

자연환경지키기로 곤충채집 숙제가 언제부터인가 없어졌지요. 낮에 방충망에 붙어 울던 매미는 키와 몸집이 제법 컸어요. 최근엔 매미의 울음도 구분하게 되었답니다. 높은 나무에서 합창을 하는 매미들의 울음은 쓰르르 쓰르르 쓰르르였구요. 얼마간의 간격을 두고 우는 매미들은 수서 부근 탄천에서였답니다. 학이 커프스버튼이 빛나는 흰색 셔츠를 입었다고 하시

니 저도 창밖에 매미의 모습을 전해드립니다. 검은
연미복차림으로 하이바리톤으로 노래를 부르더라고
말입니다.

자귀나무꽃

김정조

금강산 화강암 봉우리 밑
온천 노천탕 곁에
꽃그늘로 드리워주는
타는 주황빛
정원에 심어 놓으면
부부 금슬이 좋아진다는 꽃
노란빛 꽃술
은은한 정
당신도 내사랑 아시잖아요
여름 태양의 이글댐을
보기 좋게 머금었지요
어느 한 날도
활활 타오르는 붉은 꽃잎을
잊어본 적이 없어요
꽃이어서 행복함을

*

유월도 하순이다. 강남 사는 친구가 안부전화를 했다. 나는 강북에 산다. 친구가 사는 강남엔 비가 쏟아진다고 했다. 나는 집 근처에 있는 병원에 입원 중인 남편 병간호를 하다가 얼른 복도로 나와 창밖을 내다보았다. 하늘 먹구름은 비를 쏟기엔 힘이 딸려 보였고 마치 코가 큰 남자가 실눈을 뜨고 힘을 주는 듯 파레이톨리아*로 보였다.

밀린 이야기들을 간단하게 마치고 다시 하늘을 보았더니 먹구름은 이미 걷히고 흰구름만 펼쳐졌다. 남편이 잠든 시간에 나는 e-book 앱을 열었다. 김정조 시집 따스한 혹한을 읽었다. 자귀나무꽃이란 노래에서 공감되는 한 대목을 꼽아 적어 보았다.

"은은한 정… 내사랑 아시잖아요"

금강산 아래 온천으로 시인은 여행을 갔었나 보다. 남편의 병이 나으면, 코로나 이전에 가끔 갔었던 북한산 1호 온천이라도 갈 수 있는 날을 꼽아본다. 그곳 어느 농원에는 자귀나무꽃이 떨어져 주홍빛 주단을 깔아놓은 듯했던 풍광도 눈앞에 선하다.

*파레이톨리아 : 변상증이라고 불린다. 우리가 보는 무의미 형상에도 굳이 어떤 이미지를 떠올리려고 한다. 사람과 동물 등의 모습을 구름과 벽지, 꽃 등에서 찾는다.

큰스님

최영효

산 위의 바위 하나 천년 산 그 돌덩이가 감춰 둔 뜻이
있어 성불할 꿈이 있어
사는 건 천년이거나 일년도 천년이거니
산 아래 풍경소리 밤마다 목탁소리 고승의 독경 엿듣
고 금강경도 다 외우고
산문에 입을 닫아도 귀명창이 되시다니
고승은 바람 따라
산사는 구름에 간 후 빈 절터 적멸을 깨고 한 선승이
내려오시니
천년이 일년이거니
사는 일 천년이거니

강남에 사는 친구가 사돈에게 받았다는 옥수수와 긴 오이를 안암동 연경사에, 또 나에게도 보시하였다.

연경사는 영산선원에서 조계종 연경사가 되었다.

절에도 시절이 있다. 영산선원에서 큰형부와 큰오빠의 49재를 십여 년 전에 지내었다.

그리고 발길이 가지 않았는데는 언니가 그동안 아팠던 게 이유이기도 했다.

스님을 잠깐 연경사사무실에서 뵙게 되었다. 언니가 생시에 스님과 성지순례, 기도 중에 만남들을 이야기해 주었다. 나는 자못 스님의 이야기들이 쓸쓸한 추억으로 다가왔다.

집에 돌아오니 최근 주문했던 최영효 시조집이 택배로 왔다. 시조 「큰스님」을 읽고는 생각이 달라졌다. 언니가 먼저 간 나날들이 불과 몇 달인데, 산 위의 바위 하나는 천 년 동안 세상을 바라보고 있다. 성불할 꿈만 간직한 것이 천년이라니 놀랍다.

오이는 채썰어 오이냉채를 만들고, 옥수수는 굵은소금을 조금 넣고 삶았다. 긴오이는 싱싱하고 아삭한 맛과 풍미를 더했다. 친구님! 감사합니다.

연경사 앞에 놓인 화분에 카란코에가 예쁘다. 분홍빛

은 보살핌과 관계가 깊다.

언니를 기억해준 스님이 고마운데, 또 꽃이 장식된 볼펜과 수정팔찌를 챙겨주는 스님의 따스한 맘이 또 고마웠다.

꽃잎

복효근

국물이 뜨거워지자
입을 쩍 벌린 바지락 속살에
다시 옆으로 기어서 나올 것 같은
새끼손톱만한 어린 게가 묻혀있다

제집으로 알고 기어든 어린 게의 행방을
고자질하지 않으려
바지락은 마지막까지 입을 꼭 다물었겠지
뜨거운 국물이 제 입을 열어젖히려 하자
속살 더 깊이 어린 게를 품었을 거야
비릿한 양수 냄새 속으로 유영해 들어가려는
어린 게를 다독이며
꼭 다문 복화술로 자장가라도 불렀을라나
이쯤이면 좋겠어 한소끔 꿈이라도 꿀래
어린 게의 잠투정이 잦아들자
지난 밤 바다의 사연을 다 읽어보라는 듯
마지막은 책 표지를 활짝 펼쳐 보인다

책갈피에 끼워놓은 꽃잎같이
앞발 하나 다치지 않은 어린 게의 홍조

바지락이 흘렸을 눈물 같은 것으로
한 대접 바다가 짜다

*

여름이 되면 바다에 가보자고 조르던 초등생이었던 막내가 중고교와 대학을 졸업하고 인턴과 정직원 취업 후에 바쁜 일과를 지내는 듯하다. 근간 소식에는 코로나로 재택근무라 한다. 아마도 겨우 짬을 내어 집에서 가까운 공원이라도 걷길 좋아라 할 거 같다.

2000년 중반 즈음이었다. 초등고학년이었던 막내는 유독 바다보기를 청했었다. 전철과 시외버스, 택시를 타고 간 곳이 연안부두이거나 서해바다 어느 곳 벌이었다. 작은 게들은 우리들의 발걸음 소리에도 민감하여 모두 숨는다. 더러 방파제에 올라온 작은 게도 집어 올려 관찰을 하고는 벌로 내려주었었다. 을왕리 바다주변 어느 가게에 들러 모듬조개구이를 주문했었다. 눈물 같은 짠 물이 정말 조개껍질 움푹한 곳에 고여 그걸 마셔보기도 했었다. 바다에 발이라도 담그려 가까이 갔으나 해변에 떠다니는 쓰레기들이 너무나 많았었다. 페트병과 비닐과 끊어진 줄과 나뭇가지들을 모두 주워 막내와 함께 공동쓰레기장에 옮겼었다. 해변으로 돌아와 바다를 감상하는 내내 우리가 했던 청소가 뿌듯하기도 했었다.

꽃밭에서

어효선

아빠하고 나하고
만든 꽃밭에 채송화도 봉숭아도 한창입니다
아빠하고 매어놓은 새끼줄 따라
나팔꽃도 어울리게 피었습니다
애들하고 재밌게 뛰어놀다가
아빠 생각나서 꽃을 봅니다
아빠는 꽃보며 살자 그랬죠
날 보고 꽃같이 살자 그랬죠

1967년 나는 초등학교 4학년이 되었다. 내가 배정받은 7반 교실은 본관에 있었다. 고학년 교실만 있는 본관에는 언니를 만날 때만 가보았었다. 나도 고학년이 되었고 언니는 졸업을 했다.

4학년이 되고 처음 만난 선생님은 반 친구들에게 자기소개 대신 노래를 하나 부르라고 했다. 내 차례가 와서 꽃밭에서를 불렀다. 조용히 나를 보고 있던 친구들의 모습은 신중했었다. 나는 인사를 하고 교단에서 내려오는데 아버지가 없는 사람이 이 노랠 부른다고 선생님이 말했다.

나는 속으로 말했다. 나는 아부지가 있어요.

아부지가 여주 금광을 다녀왔다고 할머니와 우리들에게 금덩어리도 보여주었었다. 얼마나 무거운지 보라고 내 손바닥에도 올려주었었다. 또 아부지가 강원도 탄광이 있는 곳을 출장 다니다가 아예 막내인 나를 데리고 가서 사택에서 살았다. 그곳은 태백. 그땐 황지라고 불렀다.

사택 둘레엔 온통 꽃밭이었다. 펌프가 있는 마당 한켠에는 봉숭아도 많이 피었었다. 마당에 있다가 벌에 쏘이기도 했었는데 여름방학이라 같이 있었던 언니

와 아픈 볼을 잡고 아부지가 오길 기다렸었다. 고추
잠자리가 한창이었을 때에 우리는 황지를 떠나게 되
었다. 광부들의 파업이 있었다고 나중에 언니에게 들
어서 알게 되었다. 아부지는 혈탄이라는 논픽션을 쓰
느라 앉은뱅이책상에 늘 앉아 있었다.
그리고 이렇게 말했었다.
"그들이 파내는 연탄은 바로 혈탄인기라."

별을 헤는 하늘 길

한경숙

가지 위에 해 그림자 서산을 넘는다
밤하늘엔
별들이 노래가 되어 들려오고
별 하나 나 하나
별 둘 나 둘
꽃길처럼 아름다운
별을 헤며 하늘길 간다
별빛 등불 되고 별 떨기 징검다리 되어
소꿉놀이 동무들과 함께 가는 고향 길
별을 헤며 하늘길 간다

*

어린 시절 평상에 누워 밤하늘에서 북두칠성 별자리를 찾는다. 별똥별이 반대편 하늘에서 떨어지자 언니와 오빠가 함성을 지른다.

누워있는 우리들 위로 박쥐가 날아가다. 그 순간 오빠가 벌떡 일어나 재빠르게 한 손으로 박쥐를 잡는다. 접힌 날개를 관찰하고선 곧바로 날려준다.

별 하나, 나 하나를 세다가 얼마나 시간이 지났는지 이슬이 내린다. 평상이며 옷들이 축축해지려 한다.

"어서들 드가 자그래이!"

할머니의 지시가 내린다. 어두운데 평상 아래에 놓인 신발을 찾지 못하여 오빠는 그냥 맨발로 우리 둘을 업어서 마루까지 데려다준다.

다시 찾는 고향엔 집도 평상도 없다. 노을 지는 하늘을 보며 돌아온다. 마을 청년회장이 주는 기념수건에서 유난하게 보드라움 느껴지던 어느 해 여름 끝 무렵을 기억한다.

굴참나무 자서전

신영애

기억을 지우니 바람이 분다

요양원 뒤뜰에 아무렇게나 자리잡은 통나무 의자들
말을 내려놓을 때마다
무뎌진 감정이 진물 흐르는 사연을 훔치는데

마음이 머물지 않아도 집이 될까

힘겹게 옮겨진 몸에는
세풍을 견딘 흔적이 옹이로 자리잡았다

어스름한 산마루에 머무는 시선
노을이 잦아들자 산 그림자 짙다

어느 서고에 한자리 차지하고
뿌리 깊은 수령을 전하고 싶었지만

골만 깊어진 몸뚱이는 바람도 머물지 못한다
재생을 멈춘 세포들은 사라지고 있다

다만
꿈결에 스치던 바람과 무성했던 온기와
산불과 병치레와 뿌리까지 흔들던 태풍을
진액이 마른 자서전에 기록해 놓았을 뿐이다

소멸을 위해 버티는 곳
아프지 않아도 아픔은 계속되어야 할 것이며
풍장으로 사라질 날까지 끝내 그의 거처는 밝혀지지
않을 것이다

*

오랜만에 천마산 기슭에 위치한 작은 봉우리까지 올
라갔다. 도토리와 밤이 곳곳에 흩어져 있어 발걸음을
멈추게 했다. 동행했던 이들이 주운 알밤과 도토리를
나에게 몰아 주었다. 알밤은 생으로 먹고, 도토리는
묵을 쑤었지만 맛은 쓰고 떫다. 무공해 저칼로리 식
품으로 인정받는 도토리묵을 만들기엔 정성이 모자
라 실패했다. 산중의 곡식을 제대로 먹는 방법을 다
시 익혀야겠다.

추야우중

박명숙

가파른 밤

가을비가
수컷으로 타오른다

목울대 우렁우렁
진창으로 타오른다

불빛을 물레 돌리는
검은 팔뚝이

숯비리다

*

가을장마이거니 했으나 길진 않았다.

밤마다 소낙비며 천둥, 번개까지 치는 것이 여름 소
낙비보다 정말 무섭다.

보일러 굴뚝에 비 떨어지는 소리가 세차 일어나보니
열어둔 창에 비가 들이쳤다. 뒤 베란다와 부엌 창을
차례로 닫았다. 앞 베란다에도 널어둔 세탁물들이 젖
을세라 얼른 창을 닫았다. 창을 닫으니 고요했으나
이젠 남편의 코 고는 소리가 들렸다. 표고버섯을 사
러 경동시장에 다녀왔다고 했는데 피곤했나 보다.

아침 밥상엔 표고버섯을 깍둑썰기로 하고 양파도 넣
고 맑은 된장국을 끓여 내었다. 나박김치가 맛있게
익었다. 친구가 준 양념한 코다리도 프라이팬에 구웠
다. 양념이 잘 배서 간장게장은 저리 가라 하고 밥도
둑이 되었다.

산

박건호

산이 높아진다. 세월이 갈수록 산이 자꾸 높아지고
나는 이렇게 작아진다. 이제는 산에 오를 희망을 버
려야 하나 보다. 아직도 그리움은 활화산처럼 타오르
는데 세상에는 단념해야 할 것들이 왜 이리도 많은
가. 숨을 헉헉거리며 달려온 나의 시야에서 산이 자
꾸 높아진다. 그 숲속에 아름다운 비밀들을 묻어둔
채 산이 자꾸자꾸 높아진다.

강원도 삼척 근덕면 매원리에 근사한 집이 있다. 친구와 밤을 새워 이야기 나눈 동창회는 코로나로 아예 계획을 세우지 못하니 둘둘 셋이 동해에서 모여 이곳을 다녀갔다고 했다. 봄엔 예약이 다 되어 울진까지 갔었다. 이번에 얼떨결에 친구의 초대로 여름에도 못 간 바다를 이 가을에 보게 되었다. 산 아래 마을, 마을 아래 바닷가였다. 가슴까지 차는 수영장에도 들어가 몇 걸음 걸었다. 거기서 보는 바다가 경이로웠다. 「물고기와 시」라는 시집을 친구의 집주소로 주문을 했다. 다음에 예약이 성공되는 날엔 나도 그 시집을 가져가 친구와 같이 펼쳐보리라 기대해본다. 이번엔 오롯이 친구들과 산책하고 옛추억 이야기를 나누며 지내었다.

겨울에 또 와라!

그렇게!

바다를 실컷 구경했다. 개천과 바다가 만나는 곳에 연어가 온단다. 그 계절에 다시 찾고 싶은 집 이름은 '마카'다.

보고 싶은 친구들… 마카, 마카 모이게 되는 그날을 꼽아본다. 친구야 감사하고 고맙데이. 참 삶아준 강원도 옥수수도 맛있었다. 밭에 고기라고 해야 할까 봐. 동해에서 기차를 탔다고 소식을 전하니 친구는 벌써 일을 하고 있다고 했다. 나도 그렇게 일도 신나게 하는 것이 건강의 비결일 거 같다.

깃 발

유치환

이것은 소리 없는 아우성
저 푸른 해원을 향하여 흔드는
영원한 노스탈쟈의 손수건
순정은 물결같이 바람에 나부끼고
오로지 맑고 곧은 이념의 푯대 끝에
애수는 백로처럼 날개를 펴다
아아 누구던가
이렇게 슬프고도 애닲은 마음을
맨 처음 공중에 달 줄을 안 그는

가을비가 종일 내렸던 다음 날이었다. 길가에 떨어진 은행나무잎을 보았다. 휴대전화기 카메라로 사진을 찍었는데 이미지를 보는 순간 어떤 이의 소리 없는 아우성을 연상했다.

나는 '기빨'이 원제목인 유치환의 시 '깃발'을 떠올렸다. 꿈이 있었던들 이루진 못하고 다가온 나의 노년을 들여다보았다. 특별하지도 않게 살아왔다.

봄부터 남편이 아팠었다. 여름부터는 회복기여서 겨우 산책을 하게 되었다. 진관사 근처에 있는 전통 찻집도 가끔 들러 차를 마시고 재료도 구매했었다. 팽주님의 정성과 은혜로 우리 부부는 지친 몸과 마음 회복에도 무척 도움이 되었다. 팽주님은 또 우리 존재에 대하여도 생각하게 해주었다. 민들레의 홀씨를 단연 홀씨로만 볼 것이 아니라고.

늦가을에 금빛 은행나뭇잎이 흩쌓인 모습을 잊지 않겠으며, 새봄의 민들레 금빛언덕도 보리라.

분계선의 봄

들풀 최상균

국경 아닌 국경의 남쪽에는
머리가 빨간 두루미와
머리가 회색인 두루미가 함께 먹이를 찾고
남녘에서 밥맛이 가장 좋다는 쌀은
북녘에서 흘러오는 물을 먹고 자랍니다
숲속의 잠자는 지뢰는 이미 환갑을 넘겼고
오늘도 고라니는 지뢰를 피해 신작로를 가는데
비무장지대라고 해놓고는
있는 대로 무장을 해댄 이곳에
미움을 재우고 평화를 깨우기 위해 애쓰는
두루미 닮은 남자를 만났습니다
어쩌면 그는 그 옛날 이곳 쇠벌을 도읍으로
미륵세상을 꿈꾸던 외눈박이 사나이의 환생일지도
모릅니다
잔설이 녹으면 두루미들은 북녘으로 날아갈 것입니다
철조망과 지뢰가 봄눈 녹듯 사라지고

잠자던 쇠말이 벌떡 일어나 잘리웠던 벌을 넘어
저 만주벌판까지 달려갈 분계선의 봄은 언제나 올런
지요?

*

증산동 소재 〈살롱도스토예프스키〉라는 헌책방에서
책 윌리암 포크너를 샀다. 책을 읽으려고 외출하는
일도 생략했다.

〈에밀리에게 바치는 한 송이 장미〉는 영화 〈A Rose
for Emily〉로도 볼 수 있다.

이 소설의 배경은 미국 제퍼슨이고, 등장인물은 완고
했던 제퍼슨시의 유지와 딸 에밀리 그리어슨과 그의
친척들과 시장과 시의원들, 미국 북부 도로 공사장
감독과 흑인 노예들과 마을 사람들이다.

1894년에 마을 유지가 죽었다. 그가 죽자 마을은 현
대적인 신념을 가진 다음 세대가 개발이라는 이름하
에 세금을 걷어내기 시작했다. 시장은 유지가 나라에
돈을 빌려준 공적으로 세금을 면제해주기를 약속했
으나 지키지 않는다.

제퍼슨 전투가 있던 시기였다. 딸 에밀리가 물려받은
재산으론 집이 한 채였다. 에밀리에게 어떤 삶이 펼
쳐지는지 마을 사람들의 관찰자 시점으로 소설이 전
개된다.

에밀리는 평생 집을 벗어나지 못하고 영원히 갇혀버
린다. 무수한 청년들을 마땅하지 않은 사윗감이라고

하던 아버지에게 에밀리는 한 번도 반론을 내지 않는다. 아버지가 죽었는데 며칠이 지나고 마을 부인들이 방문하여 공권력이라도 와야겠다는 회유가 있고서야 겨우 장례를 치렀다.

제퍼슨에 일하러 왔던 북부사람 호머 배런이 에밀리의 연인이 되어 지냈다. 마을 공사가 끝나자 호머 배런은 에밀리를 떠났다. 에밀리가 오랫동안 외출을 하지 않았지만 마을 사람들은 예상할 수 있었던 일이라고 여겼다.

마을 사람들은 에밀리가 70세가 넘어 죽을 때까지 그녀를 주목했다. 에밀리가 죽고 장례를 치르게 된 그녀의 친척들이 40여 년간 공개되지 않았던 에밀리의 방을 찾았다.

에밀리의 처연했던 삶의 순간들을 말해주는 소설의 마지막 문단을 옮겨본다.

한참 동안 우리는 그 자리에 서서, 움푹 파인 그 해골의 환한 미소를 내려다보았다. 그 주검은 한때는 포옹하는 자세를 취하고 있었음에 분명했지만, 지금은 사랑보다 더 오래 지속되는, 자신을 저버린 일그러진 사랑마저 정복해 버린, 긴 잠에 빠져 있었다.

코로나19 극복을 청하는 기도

자비로우신 하느님 아버지,
'코로나19' 확산으로 혼란과 불안 속에 있는
저희와 함께 하여 주십시오.
어려움 속에서도 내적 평화를
잃지 않고 기도하도록 지켜주시고
각자의 삶의 자리에서 최선을
다할 수 있도록 이끌어주십시오.
'코로나19' 감염으로 고통 받는이들에게
치유의 은총을 내려주시고,
이들을 헌신적으로 돌보고 있는
의료진들과 가족들을 축복하여 주십시오.
또한 이 병으로 세상을 떠난 분들의
영혼을 받아주시고, 유족들의
슬픔을 위로하여 주십시오.
국가 지도자들에게 지혜와 용기를 더해주시고,
현장에서 위험을 감수하며

투신하고 있는 관계자들을 보호해주십시오.
특별히 이런 상황에서 더 큰 위험에 노출되는
가난하고 소외된 사회적 약자들을 저희가
더 잘 돌볼 수 있도록 도와주십시오.
어려운 시기를 이겨내고자 애쓰는
저희 모두가 생명과 이웃의 존엄,
사랑과 연대의 중요성을 더 깊이 깨닫게 하시고
배려와 돌봄으로 희망을 나누는 공동체로
거듭나는 은총 내려주시길 간구합니다.
우리의 도움이신 성모님과 함께
우리 주 예수 그리스도를 통하여 비나이다. 아멘

*

외출하기를 거의 포기 하는 중이다. 어떤 일에 대한 해결방안들이 간절해진다. 나는 어려움이 처할때 청하는 기도는 꼭 주님께서 함께 하심을 믿는다. '코로나19 극복을 청하는 기도'를 친구에게 받았다. 와중에 외출자제로 냉장고며 찬장이 텅 비었다.

매일 마시는 커피와 찬거리를 사러 마트와 커피집을 향해 털레털레 걸었다. 동네 빌라 입구에 피어난 회양목꽃이 눈에 띄었다. 연한 노랑의 회양목꽃이었다. 꽃말은 '참고 견뎌냄'이다.

자연석을 배치한 사이 사이에 자란 회양목은 키가 작다. 울타리용으로 식재된 곳은 제법 키가 컸다. 심어진 자리마다 키가 다르듯 한그루보다 모아져 심어진 울타리를 따라 걷다 보면 같은 나무라고 알아보는 것도 쉽지 않다. 열매는 뿔모양으로 열리는데 유아들은 그것을 따서 놀이 삼아 갖고 놀기도 한다.

몸과 마음이 소진되는 국민들과 환자들은 대개 어떤 힐링이 필요하다고 여겨진다. '코로나19 극복을 청하는 기도'를 하면서 연한 노랑 회양목꽃을 관찰하며 힐링한다.

양수리

서춘자

모시 속곳 바람부는
억새 위 어스름
익명의 풀벌레
세상을 가득 울어
산도 가만히 앉아
물거울만 보는 곳
두 줄기 한데 섞여
깊숙이 품에 안고
흘러야 한다 흘러야 한다
흐르면 된다 흐르면 된다
산은 흐르는 물에 얼굴만 비칠 뿐
물은 서로 보듬고 흘러만 갈 뿐
흘러야 한다 흘러야 한다
흐르면 된다 흐르면 된다
익명의 풀벌레
억새 위 어스름
화개산 오름 하던 날

*

한강상류에 팔당호가 있어서 북한강과 남한강은 양
수리에서 깊은 강물로 서로 만난다.
가을바람에 억새는 흔들리다 못해 아예 드러누웠다.
어둑한 밤 풀벌레 울음소릴 듣는다.
밤사이 얼마나 울어야 더 아름다운 세상이 올런지…

봄꽃은

조수선

새 깃털처럼
봄꽃은 참으로 가볍기도 하다

엷은 속살 겨드랑이 사이로
바람이 살짝 스치기만 하여도

연분홍 입술 꽉 다물지 못하고
까르르까르르
온 산하에 웃음꽃 쏟는다

히야신스꽃이 올해에 벌써 두번째 피어 올라왔다. 향기가 진해서 베란다에 두었다가 실내로 들여놓기도 했었다. 음력설에는 온가족이 차례로 향을 맡을 지경이었는데 또 다른 대궁이 올라온 것이다. 동안에 가족이 코로나확진이었고 사돈가족들과 우리쪽에도 모두 음성이었다. 확진자는 자가격리로만 병고를 겨우 이겨내었다. 아가도 출산하였고 산모는 퇴원을 했지만 아가는 호흡과 건강에 더 관찰이 필요하므로 아직 병원에 있다. 아가는 강하답니다!

잘 이겨내리라 믿습니다!

격려와 덕담이 위로가 되었고 봄꽃이 아가이고, 아가가 봄꽃임이 분명하다. 시인의 노래처럼 또한 웃음꽃을 쏟는다.

다음은 친구가 보내준 히야신스에 대한 경전이다.

"나에게 빵이 두 조각이 있다면 하나를 팔아서 내 영혼을 위해 히아신스를 사겠다."

창은 셋 빛은 하나

구효서(소설가)

김순조님의 포토 에세이 《시를 사랑하는 사람들》을
읽습니다. 앞에 시가 있고 가운데 사진도 실려 있으
니 읽고 본다고 말해야겠군요. 천천히 읽고 보면서
저는 자꾸 안락의자에 앉고 싶어집니다. 그러나 유감
스럽게도 저에게는 그런 의자가 없고 대신 오래된 사
무용 듀오백 의자가 있을 뿐입니다.

듀오백 사무용 의자를 떠나지 못하는 까닭은 오래 전
에 얻은 직업병 추간판탈출증(디스크) 때문입니다.
듀오백 의자의 특수 등받이가 35년쯤 제 허리를 받치
고 있으니까요.

일종의 기능성 의자인 셈인데, 이 의자에 앉아야 청
탁 받은 원고를 마감일에 맞추어 써 보낼 수 있습니
다. 없어서는 안 될 고마운 의자이면서 일에 붙잡혀
한 치도 벗어나지 못하게 하는 글감옥의 의자이기도
합니다.

그래서 다른 이의 글을 읽을 때만큼이라도 이 의자에

서 벗어나고 싶지만 불행하게도 제가 대부분의 시간을 보내는 작업실의 의자라고는 이 의자 하나뿐입니다. 그래서 안락의자가 필요했던 건데 김순조님의 이번 글을 대하기 전까지는 이토록 간절하지는 않았던 것 같습니다. 그만큼 《시를 사랑하는 사람들》의 원고는 저에게 아늑함을 주면서 끝없이 아늑함의 필요를 느끼게 합니다. 맘 놓고 쉬고 싶다, 한껏 아스라해지고 싶다, 라고 되뇌면 되뇔수록 그간의 제 삶이 그와는 정반대의 형편을 거쳐 왔다는 사실만 서글프게 환기되었습니다.

그래서 비록 안락의자는 아니지만 제 오래된 의자에 기대어 마음만은 한없이 아스라해져 《시를 사랑하는 사람들》을 읽습니다.

저는 시인이 아니라 소설가라서 시는 잘 모릅니다. 하지만 소설과 빗대어 시를 얘기할 때가 종종 있는데 그럴 때마다 저는 시의 언어를 '로켓의 언어'라고 말해왔습니다. 로켓이라니 뜬금없습니다만, 산문이 대기권이라는 랑그(langue)적 언어조직 혹은 질서에 기반해 산출되는 사념체라는 뜻에서 '양력의 언어'라고 한다면, 운문은 대기권을 넘어 끝없는 무중력의 우주를 향하기 위해 특수한 자체 추진체를 갖춘 '로켓의 언어'라고 했던 것입니다.

이 말은 산문의 역할을 대기권 안에 한정하는 대신 운문은 그 권역을 무한히 초월한다는 산문가의 겸손한 정의로 읽힐 수도 있겠습니다. 그러나 이 말은 산문이 문법이나 논리 등의 언어 규범을 비교적 충실히 따르는 반면 운문은 그 질서체계를 방법론적으로 타개하거나 이탈함으로써 파격의 세계를 창출한다는 장르 구분의 일반적 원론이기도 합니다.

그러니 시를 산문으로 말한다는 것은 결코 쉬운 일일 수 없습니다. 어쩌면 불가능하거나, 가능하더라도 시를 얼마간 훼손하는 불행을 감수하지 않으면 안 될 것입니다.

하지만 시를 훼손할 수는 없겠지요. 그래서 김순조님은 곧장 산문으로 넘어가지 않고 사진이라는 이미지를 경유합니다. 그리고 그녀의 산문도 해설이나 설명이 아니라 에세이라는 장르의 작품 형태를 띱니다.

대상을 드러내기만 하는 것이 아니라 오히려 감각된 것의 외부를 지워가는 작업이라는 의미에서 사진은 시와 닮았습니다. 사진은 사각 뷰파인더에 대상을 담는 일입니다만 말을 바꾸면 사진은 사각 뷰파인더 밖을 지우는 일입니다. 무엇을 선별하느냐 만큼 무엇을 배제하느냐가 중요한 장르입니다. 산문보다 시의 분량이 현격하게 적은 것은 이 때문이겠지요. 음절의 수가 줄어들수록 시가 내포하는 세계는 오히려 더 커진다는 것이 시의 묘미이며 놀라움입니다. 시야를 프레임으로 구분하고 배제의 기술로 푼크툼(punctum)을 키우는 것이 사진입니다.

이처럼 《시를 사랑하는 사람들》은 장르는 다르지만 동일한 전략을 취하는 시와 사진을 나란히 둡니다. 말하자면 사진은 시가 산문으로 넘어가기 위한 유효한 징검다리인 것이지요.

그러면 김순조님의 산문은 어떠한 산문인가요. 대개 사진이나 시에 따라붙는 포토 에세이 혹은 포트리 에세이는 독자들이 사진이나 시를 보다 더 편하고 쉽게 받아들이는 데 필요한 정보나 분석을 제공하지요. 이때의 산문은 그래서 설명문이 되거나 참고문헌이 되거나 분석문이거나 감상문이 되기 쉽습니다. 시와의 친연성을 높이기 위한 이러한 노력은 매우 필요한 일이기는 하지만 이럴 때의 산문은 어쩔 수 없이 시의 섭시다이즈(subsidize)의 역할을 수행하게 되는 것도 사실입니다.

제목과 레이아웃을 보더라도 《시를 사랑하는 사람

들》은 시-사진-산문으로 구성되어 있습니다. 이러한 구성은 자칫 사진과 산문을 시를 위한 보조 수단처럼 보이게 합니다. 그래서 나쁠 것은 없습니다. 앞에서도 말했듯이 필요한 작업이기도 하니까요. 하지만 시 이후에 오는 이미지와 텍스트가 어쩐지 시에 예속되는 느낌을 배제할 수는 없습니다.

시를 위한 일이라면 기꺼이 시를 앞자리에 놓을 수도 있습니다. 하지만 시에 대한 설명과 해설은 시를 위한 일도 아니며 결과적으로 시를 앞자리에 놓는 일이 아닐 가능성이 있습니다. 시에 뒤따르는 산문의 성격과 내용에 따라 시가 오히려 옹색해질 수도 있는 거니까요.

그래서 김순조님이 택한 배치방식은 선후나 병렬이 아니라, 세 장르를 교집합으로 엮는 것입니다. 시가 단일한 작품이듯이 사진도 산문도 단일한 작품의 자격으로서 시와 교집합을 이루는 것이지요.

이 방식에는 선과 후가 없고 주와 부가 없으며 세 장르가 함께 시너지 효과를 냅니다. 그래서 김순조님의 에세이도 시와 사진을 떠받치지 않고 서로 어깨동무로 얼싸안는 거지요.

김순조님의 산문을 볼까요. 아닌 게 아니라 묘미가

있습니다. 시와 관련해서 의미를 도드라지게 하거나 그것의 이해를 요구하지 않는 묘미, 시의 해설에서라면 마땅히 기대되는 바를 슬며시 넘어서는 묘미, 강제하지 않고 이끌려 스며들게 하는 묘미, 텅 빈 여백을 만들어놓고 언제까지고 기다리게 하는 묘미, 즉 진리의 서식처라 할 수 있는 여백의 가치를 소중히 여기는 묘미, 가치 판단이나 이해 상충을 해체해서 우리에게 '얽매이지 않음'의 자리를 온전히 되돌려주는 묘미가 있습니다.

이 묘미가 김순조님에 의해 전적으로 만들어졌다고는 볼 수 없을지도 모릅니다. 어쩌면 김순조님마저 궁금해 할 묘미일 수도 있습니다. 그녀의 문장을 보면 삶의 기억 속에서 되짚어지는 우연한 인연들에 대해 알고 싶어 합니다. 다만 분명한 것은, 알지 못하더라도, 설령 알다가 잊히더라도 그녀는 결코 애태우지 않는다는 점입니다. 미묘함이란 이러한 담대한 태도에서 우러나는 것이지 표정과 문장의 자구로 만들어지는 것은 아닐 것입니다.

시란 판단에 의해 사태를 정리하는 행위의 소산이 아니겠지요. 늘 모호하고 불안정하지만 바로 그 모호함과 불안정을 자양으로 생존하는 생명체인지도 모릅니다. 음절과 행수를 줄이고 감각의 번다한 외부를 소거하는 작업을 통해 더 크고 새로운 우주에 진입하는 로켓의 언어를 김순조님의 에세이는 이해가 아닌 함께함으로써 우리들을 마주합니다. 그래야만 산문이나 사진은 시를 옹색하게 하지 않으면서 훨씬 확대된 지평을 열어나가게 되겠지요.

시를
사랑하는 사람들

1판 1쇄 발행일 **2022년 5월 15일**
1판 2쇄 발행일 **2022년 6월 15일**

지은이 **김순조**
발행인 **김미희**
펴낸이 **몽트**

출판등록 2012.12.20 제 2014-0000-38호

주소 **안산시 단원구 고잔로 23-12**
전화 **031-501-2322** 팩스 **031-501-2321**
메일 **memento33@menthebooks.com**

값 10,000원
ISBN 978-89-6989-074-0 03810

www.menthebooks.com